R.

dtv

Wenn Amerikas populärste Komikerin vom Leben zwischen Einkaufszentrum und Leichenbestatter redet, nimmt sie kein Blatt vor den Mund. Liebenswert und respektlos sind ihre Kommentare über jüngere Liebhaber, Diäten, Scheidungen, Autokäufe, Oben-ohne-Strände, Walls bessere Hälfte »Sweetie« und Mom, außerdem Tante May, deren lebensgroße Krippenszene im Garten nur von ihrem gehaltvollen Fruitcake übertroffen wird. Ob Wollmäuse, Parklücken oder Elvis' Geist – vieles kommt uns deshalb so vertraut vor, weil wir es täglich selbst erleben. »Walls selbstironischer Humor, der immer ins Schwarze trifft ... lädt ein mitzujammern – und zu lachen.« (Publishers Weekly)

Paula Wall wurde in Tennessee geboren und wuchs in Alaska auf. Sie arbeitete als Lehrerin, Försterin, Verkäuferin, Kellnerin, Umweltschützerin und Unternehmerin. Heute ist sie eine der populärsten amerikanischen Komikerinnen und Kolumnistinnen.

Paula Wall

Wenn ich ein Mann wäre, würd' ich mich heiraten

Deutsch von Marion Kagerer

Deutscher Taschenbuch Verlag

Deutsche Erstausgabe
Dezember 2000
Deutscher Taschenbuch Verlag GmbH & Co. KG, München
www.dtv.de

Titel der amerikanischen Originalausgabe:
›If I Were a Man, I'd Marry Me‹
Die deutschsprachige Ausgabe erscheint
mit freundlicher Genehmigung von
The Ballantine Publishing Group/Random House Inc., New York
Ursprünglich wurden die hier versammelten Texte in der Kolumne der
Autorin ›Off the Wall‹ in verschiedenen Zeitungen veröffentlicht.

Umschlagkonzept: Balk & Brumshagen
Umschlagfoto: © gettyone Stone/Tim Macpherson & TSI Imaging
Satz: Fotosatz Amann, Aichstetten
Gesetzt aus der ITC Galliard 10/12˙ (QuarkXPress)
Druck und Bindung: C. H. Beck'sche Buchdruckerei, Nördlingen
Gedruckt auf säurefreiem, chlorfrei gebleichtem Papier
Printed in Germany · ISBN 3-423-20385-4

Für Sheila, Cortney, Larry, Brenda, Cuz und Cindy
I get by with a little help from my friends . . .

Inhalt

Jockey Strap Love ...

Wer solche Freunde hat, braucht keine Drogen

Der Apfel fällt nicht weit vom Stammbaum

Jockey Strap Love . . .

Jockey Strap Love

Meine Freundin hat einen jüngeren Lover. Lassen Sie mich das klarstellen. Ihr Lover ist genau gesagt ein Säugling. Ich habe Jeans, die älter sind als dieser Knabe.

Heute Nachmittag trafen wir uns zum Lunch, und ich kann nicht sagen, dass es besonders erbaulich war. Während der ganzen Zeit konnte ich mich nicht entscheiden, ob ich ihm das Hemd vom Leib reißen oder das Huhn klein schneiden soll.

Ich gebe zu, wenn sie neben ihrem Baby-Beau sitzt, sieht Kat blendend aus. Es ist, als hätte sie ihren Jungbrunnen gefunden. Oder zumindest eine Halbliter-Pfandflasche.

»Ist sie nicht super?«, sagt der Knabe mit Blick auf Kate, die durchs Lokal zur Toilette geht.

Ich sehe von meiner Penne-Pasta auf, um nachzuschauen, von wem in aller Welt er spricht. Kat ist eine gute Freundin und ich liebe sie wie eine Schwester, aber ich kann nicht behaupten, dass super das Adjektiv wäre, das mir auf Anhieb in den Sinn käme. Diesel vielleicht, aber nicht Super.

»Die Sache mit älteren Frauen«, sagt er, »ist nämlich die. Sie sind einfach *ooober*geil. Sie wissen, was sie wollen, und holen sich's.«

Ein Engelschor stimmt plötzlich in das Hallelujah ein und mir schießen die Tränen in die Augen. Mir wird eine Erleuchtung zuteil. Ich werde nicht älter. Ich werde geiler.

»Und ...«, fügt der Knabe mit vollem Mund hinzu, »sie zahlen die Zeche.«

Warum sich eine Frau einen jüngeren Lover nimmt, ist mir ein Rätsel. Verstandesmäßig sehe ich ein, dass das Alter keine Rolle spielt. Ich kenne fünfzigjährige Frauen mit zwanzigjährigen Körpern und Vierzigjährige, die dumm wie Erdnussbutter sind.

Aber seien wir ehrlich, Jungs kriechen nicht als Grazien aus dem Mutterleib. Sich in einen Jüngeren zu verlieben ist, als versuche man ein Verhältnis mit einem Suspensorium anzufangen. Null Elastizität, und Ausdehnung ist völlig ausgeschlossen.

Also bitte ich meine Cousine es mir zu erklären. Sie ist Psychologin. Sie kennt sich aus in solchen Dingen.

»Entweder handelt es sich um den klassischen Fall einer Frau, die krankhaft versucht das verlorene Feuer der Jugend zurückzugewinnen«, erklärt Cuz analytisch. »Oder sie ist scharf auf junge Hengste.«

Männer sind wie Hunde. Die Welpen würde man am liebsten mit nach Hause nehmen. Aber wenn sie die ganze Nacht durchgejault und alles voll gesabbert haben, merkt man, dass es sich mit denen, die schon stubenrein sind, viel leichter lebt.

Ich gebe zu, Jünglinge haben etwas, das Herzflattern verursacht. Aber für mich sind das hauptsächlich die seltenen Momente, in denen der Mann durchflackert, der sie vielleicht einmal werden.

Es braucht Zeit und Erfahrung, damit ein Jüngling zu einem gestandenen Mann heranreift. Ich ziehe Klugheit und Weisheit der Jugend allemal vor. Gebt mir einen Mann, der weiß, was er will, und es sich holt.

Und natürlich einen, der die Zeche zahlt.

Die Matratzenexpertin

Auf dem Rückflug von der Ostküste sitze ich neben einer Nutte.

»Hostess wär mir lieber«, meint sie.

»'tschuldigung.«

»Schon gut.« Sie checkt ihren Lippenstift in einer Puderdose aus 14-karätigem Gold.

Der Flug ist überbucht und Sweetie hat darauf bestanden, dass ich mich in die First Class upgraden lasse. Mir ist nicht ganz klar, was er damit bezweckt, aber Sie können wetten, dass ich am Ende dafür löhnen muss – so oder so.

Ich recke den Hals und werfe einen Blick durch die Maschine nach hinten. So weit mein Auge reicht, sitzen die Leute zusammengepfercht wie Zigaretten. Endlich entdecke ich Sweetie, der vor dem Waschraum sitzt. Eingezwängt zwischen zwei Albino-Sumoringern sieht er aus wie ein Rektalthermometer. Als der Flugbegleiter den Vorhang zwischen uns zuzieht, winke ich. Der Arme hätte bestimmt zurückgewunken, wenn er die Arme frei bekommen hätte.

Falls Ihnen mal jemand weismachen will, zwischen First Class und Economy bestünde kein Unterschied, pieksen Sie ihn mit einer Nadel in den Hintern. Zuckt er, wissen Sie, dass er lügt.

»Mann, hier ist es ja bequemer als im Bett«, sage ich und kuschle mich in den eleganten Ledersessel.

»Die Matratze ist die wichtigste Anschaffung des Lebens«, sagt die Nutte, während sie sich jeden manikürten Finger einzeln mit Handcreme einreibt.

»Ach ja?«

»Nackenprobleme, Kopfweh, Stress – mangelhafte Rückenstütze.«

»Im Ernst?«

»Absolut.« Sie nickt. »Alles hat seinen Preis.«

Ich habe keinen Zweifel, dass diese Frau weiß, wovon sie spricht. Ihre Sachkenntnis in Matratzen ist unübersehbar.

»Wie bei den Schuhen.« Sie streckt ihr seidenbestrumpftes Bein in den Gang und zeigt mir ihren Stiletto. Das ist kein Schuh. Das ist ein Maserati Größe 38.

»Wollen Sie mal reinschlüpfen?«, fragt sie, während sie sich links und rechts Chanel hinter die Ohren spritzt.

Ich streife meine Timberlands ab und schlüpfe hinein in etwas, das man nur als Schokolade für die Füße beschreiben kann. »Ah«, stöhne ich und verdrehe die Augen. »Aaaaah, ja!«

»Ich lasse Sie in Italien maßanfertigen«, sagt sie. »Fünfzehnhundert Dollar das Paar.«

»Jeden Penny wert«, seufze ich. Wenn es um bequeme Schuhe geht, bin ich leicht zu korrumpieren. Während sie dem einfachen Volk hinten den Haferschleim auf den Teller klatschen, kommt unser Flugbegleiter mit einem Tablett Champagner. Die Hostess winkt ab.

»Ich trinke nie während der Arbeit«, sagt sie und nippt an ihrem Mineralwasser.

»Sie sind im Dienst?«, frage ich und sehe mich um. »Ich meine ... jetzt?«

Die Hostess deutet mit dem Kopf auf eine Gruppe Geschäftsleute vor uns. Ich visiere sofort einen Dunkelhaarigen an, der mit der richtigen Beleuchtung und etwas Fantasie für Richard Gere durchgehen könnte.

»WOW!«

»Nicht der.« Sie legt den Kopf zur Seite. »Der da.«

Auweia.

Der Ärmste müsste eine Mücke bezahlen, damit sie ihn sticht.

Die Hostess hält mir gerade einen Vortrag über Kaltwachs versus Rasieren, als uns der Pilot mitteilt, dass wir in wenigen Minuten landen werden. Die Zeit vergeht wie ihm Flug, wenn man über seine Verhältnisse lebt.

»Na denn«, sage ich und ziehe meinen Rucksack aus der Gepäckablage. »Hat mich sehr gefreut.«

»Sollten Sie mal in Miami sein ...« Die Hostess reicht mir ihre handgeprägte Visitenkarte.

»Sollten Sie mal in Nashville sein ...« Ich kritzle Namen und Adresse auf die Rückseite einer Cocktailserviette.

»Ach, übrigens« – wer weiß, ob ich jemals wieder die Gelegenheit habe – »was meinen Sie als Profi ... welche Männer sind ... äh ... die besten?«

Mit einem Blick auf ihren »Lover« winkt mich die Hostess zu sich heran und flüstert: »Die, die's umsonst kriegen.«

In diesem Augenblick kommt Sweetie durch den Vorhang aus dem Viehwaggon gehoppelt. Er zieht das linke Bein nach wie Quasimodo.

»Umsonst ist gar nichts«, sage ich und lege Sweeties lahmen Arm um meine Schulter. »Für die meisten von uns ist es eher ein Tauschgeschäft.«

Blaubäuchige Eidechsen

Wenn es ein Jugendamt für Haustiere gäbe, würde man mir wahrscheinlich das Sorgerecht entziehen und Kater käme in ein Katzenpflegeheim.

»Wie ist das passiert?«, fragt der Tierarzt, während er Katers Auge untersucht. Dr. Don trägt eine schwarze Vergrößerungsbrille. Seine Augen haben fünf Zentimeter Durchmesser, er sieht aus wie ein schielender Hecht.

»Er hat sich mit einem Eichelhäher angelegt«, sage ich.

Dr. Don zieht die Augenbrauen hoch und wirft der Praktikantin einen viel sagenden Vergrößerungsblick zu.

»Sie lassen Kater nach draußen?«, japst die Praktikantin.

Meine Güte, wir leben auf dem Land. Er hängt schließlich nicht mit den Nachbarjungs in Drogenhöhlen rum.

»Armer, kleiner Kater«, säuselt sie ihm ins Ohr und funkelt mich böse an.

Das geht dem Fellball natürlich runter wie Öl. Er schmiegt sein mottenzerfressenes Haupt an ihren Laborkittel, blickt mit dem heilen Auge zu ihr hinauf und schnurrt aus tiefster Brust.

»Die Hornhaut ist verletzt«, sagt Dr. Don und legt einen Tupfer auf Katers Auge. »Das wird ein Weilchen dauern. Er darf unter *keinen Umständen* nach draußen.«

Die Praktikantin gibt mir einen Beutel mit Medikamenten,

die dreimal so viel kosten, wie ich für das verlauste Vieh bezahlt habe, und eine Broschüre über Katzenhaltung.

»In einer Woche muss ich ihn nochmal sehen«, sagt Dr. Don und studiert durch die Brille seine Fingernägel.

Ich setze meine Ray-Ban auf und schleiche mich durchs Wartezimmer hinaus.

»In meinem ganzen Leben bin ich noch nicht so gedemütigt worden!«, schimpfe ich, während ich den Sicherheitsgurt um Katers Korb schnalle. »Dich von der Praktikantin loszueisen war ein besonderes Vergnügen.«

Ich spüre, dass wir nicht allein sind, und schaue hoch. Der Mann im Auto neben uns glotzt, als sei ich der Sportsender.

»Ich rede mit einer Katze!«, brülle ich an sein Fenster. »Was dagegen?«

»Frauen spinnen«, murmelt er dem Dobermann auf dem Beifahrersitz zu.

Zu Hause setze ich Kater auf die Couch, um ein ernstes Wörtchen mit ihm zu reden.

»Du hast ab sofort Hausarrest«, sage ich und wackle drohend mit dem Zeigefinger vor seinem kleinen, haarigen Gesicht. »Das nächste Gras, das du siehst, wächst auf dem Deckel deines Katzensargs!«

Kater braucht exakt fünfzehn Minuten, um durch den Trocknerabzug auszubüchsen. Und als er sich schließlich wieder blicken lässt, hat sich eine fünfzehn Zentimeter lange Eidechse wie ein Piercingring in sein Ohr verbissen.

»Er sieht aus wie Captain Hook«, sagt Sweetie, als wir unseren schwanzlosen, einäugigen Manx betrachten, dem eine blaubäuchige Eidechse am Ohr baumelt.

Ich habe zwei Möglichkeiten: entweder ich beichte Dr. Don, dass Kater draußen war, oder ich behaupte, bei uns liefen fünfzehn Zentimeter lange, bissige Eidechsen frei im Wohnzimmer herum.

»Wir gehen auf keinen Fall zum Tierarzt«, sage ich. »Mach sie ab.«

»Mach du sie doch ab!«, sagt Sweetie und geht auf Distanz. »Ich fass das Ding nicht an!«

Ich ziehe einen ledernen Schihandschuh an und packe die Eidechse am Schwanz, der prompt abfällt.

Dann versuchen wir es eiskalt. Ich halte Kater fest, Sweetie packt die Eidechse in gestoßenes Eis. Das Vieh zuckt nicht mal mit der Wimper, aber Kater verfärbt sich blau und ich bin mir ziemlich sicher an der Spitze seines Ohrs eine Frostbeule zu sichten.

»Alle Tiere haben Angst vor dem Feuer«, versichert mir Sweetie, zündet ein Feuerzeug an und fuchtelt damit vor der Eidechse herum.

Zzzzz und Katers Schnurrbart ist Geschichte. Inzwischen röstet die Eidechse Marshmallows.

»Wir müssen den Kopf abschneiden«, sagt Sweetie und holt die Drahtschere.

Katers gesundes Auge schwillt auf die Größe einer Untertasse.

»Nicht dir, Dummkopf«, brummt Sweetie.

Er legt der Eidechse die Schere an den Hals. Just in dem Moment, als er schnipp machen will, fällt die Eidechse ab – ein Stück von Katers Ohr im Maul – und flitzt unter die Couch.

Vor unseren Augen leckt sich unser schwanzloser, einäugiger, einohriger, schnurrbartloser Kater die Erinnerung an seine Männlichkeit.

»Weißt du was«, meint Sweetie, »wir behalten die Eidechse und werfen den Kater weg.«

Durch die Mangel

Über den Wäschekorb gebeugt zieht Sweetie langsam ein verfilztes, ausgebleichtes Wollknäuel hervor. Mit entsetztem Blick starrt er mich an wie eine Pullimassenmörderin.

»Was hast du damit gemacht?«, japst er und zerpflückt das Knäuel, das einmal sein Lieblingspulli war, zwischen den Fingern.

Eine Frau kann nicht in allen hausfraulichen Tätigkeiten glänzen. Ich koche. Ich putze. Ich habe das Kamasutra gelesen. Wäsche waschen kann ich nun mal nicht. Fesselt mich und holt den Sheriff.

»Ist doch nur 'n Pulli«, sage ich. »Beruhig dich wieder.«

»Den Pulli hat mir Mama geschenkt.« Sweetie schluckt, als er das leblose kleine Kaschmirskelett in der Hand hält.

»Dann hätte Mama ihn waschen sollen«, brumme ich.

»Kalt«, sagt Sweetie. »Ganz kalt.«

Ich vermute, er redet von der Wassertemperatur, die ich hätte verwenden sollen.

Ich führe meinen Krieg mit der Wäsche auf die Maytag-Mangel meiner Großmutter zurück. Wie ein außerirdischer Roboter stand sie bei ihr zwischen Hackklotz und Gurkenfass auf der rückwärtigen Veranda.

Jeden Samstagmorgen wanderte die Mangel schäumend, gurgelnd und schleudernd über die Veranda, als wolle sie jeden Moment abheben. Mit erhobenem Zeigefinger verbot mir Großmutter das Ding auch nur anzuschauen. Natürlich kletterte ich, sobald die Verandatür zugefallen war, darauf herum.

Nachdem ich jeden Käfer in der Umgebung platt gemacht hatte, nahm ich mir das Gemüse vor und war gerade dabei einen Kürbis zu Mus zu quetschen, als mich das Ding erwischte. Während es sich meinen Arm einverleibte, überdachte ich meine Möglichkeiten. Ich konnte mich Großmutters Zorn ausliefern oder den Rest meines Lebens als Lochmuster herumlaufen.

Ich schrie und strampelte. Die Mangel schleifte mich quer über die Veranda und hatte mich schon halb verspeist, als Großmutter mich entdeckte. Mein Arm erholte sich nach ein paar Tagen, aber das Brennen, das Großmutter meinem Hintern verpasste, spüre ich noch heute.

Und so werde ich seit jenem Tag, wenn man mich mit Waschmaschine und Trockner allein lässt, zur Terroristin. Ich bleiche Farbechtes, knittere Knitterfreies und mache alles, was nicht eingehen kann, eine Nummer kleiner. Meine Lösung für zwei gleiche Socken – keine tragen.

Für Sweetie dagegen ist Wäsche waschen eine Wissenschaft. Bei ihm ist Weißes weiß und Buntes bunt. Der Junge nimmt die Wäsche doch tatsächlich an dem Tag aus dem Trockner, an dem er sie hineingelegt hat.

Im Garten kann es aussehen wie Kraut und Rüben und durchs Dach so stark reinregnen, dass man auf dem Speicher duschen könnte, aber man kann immer darauf wetten, dass Sweeties Unterwäsche stets so weiß ist wie frisch gefallener Schnee.

Für mich ist die Lösung unserer Wäschedifferenzen klar. »Amüsier dich gut«, sage ich und zappe mich mit hochgelegten Füßen durch die Wiederholungsserien.

»Und wenn ich mit Michelle Pfeiffer durchbrenne?«, fragt Sweetie. »Wer weicht dann deine Flecken vor?«

Ich schnipse eine Dose Dr. Pepper auf. »Das Risiko geh ich ein.«

Sweetie anscheinend nicht. Er steht vor der Waschmaschine wie ein Professor, der die Quantenphysik erklärt, und doziert weiter.

»Das Geheimnis der perfekten Wäsche ist die Trennung«, sagt er und trennt die Klamotten in farblich perfekt abgestimmte Häufchen.

»Und wo« – er hält eine weiße Socke hoch – »kommt die hin?«

Der Blick, den ich ihm zuwerfe, sagt ihm unmissverständlich, wo er sich die Socke hinstecken kann.

»Indem man das Waschmittel auflöst, bevor man die Wäsche getrennt in die Trommel gibt«, erklärt Sweetie und hält den Messbecher gegen das Licht, »wird die Wäsche porentief rein.«

Mir fällt auf, dass es eigentlich unheimlich süß ist, Sweetie zuzusehen, wie er eine Sorgfalt an den Tag legt, als würde er das Atom spalten.

»Hat dir deine Großmutter beigebracht, wie man Klamotten wäscht?« Ich knülle ein sauberes Handtuch zusammen und befördere es mit einem Freiwurf in den Korb.

»Nö«, sagt Sweetie und klemmt sich eine saubere Jeans unters Kinn. »Oma hielt nichts davon, dass Männer die Wäsche machen. Ein Mädchen, mit dem ich aufs College ging, hat es mir gezeigt.«

Er streicht eine messerscharfe Bügelfalte in die Jeans und seufzt nostalgisch. »Junge, die konnte schleudern und mangeln.«

Harley

»Nur weil man sich 'ne Harley leisten kann«, sagt der Händler, »heißt das noch lange nicht, dass man eine verdient.«

»Weiß genau, was Sie meinen, Mann«, sagt Sweetie in bester James-Dean-Pose.

»Heut Morgen hat 'n Anwalt eine ausprobiert«, sagt der Händler und popelt sich mit einem Messer Fliegenbeine aus den Zähnen. »Als würde man 'ner Harley 'n Ballettröckchen umbinden.«

Er spuckt aus, dass die Insektenflügel übers Linoleum spritzen. »Von mir kauft der keine.«

»Tja«, meint Sweetie mitfühlend, »man hat's eben oder man hat's nicht.«

Mit verschränkten Armen und zugekniffenen Augen mustert der Verkäufer Sweetie von oben bis unten. »Und du glaubst also, du kannst 'ne Wildsau reiten?«

Sweetie drückt mir seine Brieftasche in die Hand, legt sorgfältig den Mantel zusammen und hängt ihn mir über den Arm.

»Wenn du mir das Chrom verkratzt«, sagt Fliege mit Blick auf Sweeties Manschettenknöpfe, »muss ich dir wehtun.«

»Verzeihung«, stammelt Sweetie.

Er reißt sich die 24-karätigen ›Wall-Street-Week‹-Manschettenknöpfe ab und lässt sie in mein Portmonee fallen.

Dann packt er den Lenker, schwingt einen Ultraleichtschuh mit orthopädischen Einlagen durch die Luft und verschmilzt mit dem Sattel.

»Mamma mia«, stöhnt er.

Es war schon immer Sweeties Traum, auf einer Harley nach Kalifornien zu donnern. Auch in meinen Träumen spielte eine Harley hin und wieder eine größere Rolle, aber Sie können wetten, nur in geparktem Zustand.

»Spring auf«, sagt Fliege zu mir und nickt mit dem Pferdeschwanz.

Während der Fahrersitz auf einer Harley einem Luxusliegesessel gleicht, wurde der Beifahrersitz offensichtlich von Marquis de Sade entworfen. Er ist zwanzig Zentimeter höher als der Fahrersitz und ungefähr so groß wie ein Hotdog-Brötchen. Schon vom Hinschauen tut mir alles weh.

»Damit ich das recht verstehe«, sage ich. »Ihr erwartet von mir, dass ich rittlings auf einem Stück schwarzer Lederzahnseide, die Knie im 180°-Winkel gespreizt und aufgepflanzt wie ein Periskop zweitausend Meilen durch sengende Wüsten fahre?«

»Wissen Sie«, meint Fliege nonchalant und kratzt sich mit seinem bisherigen Zahnstocher das Schmieröl aus den Fingernägeln, »'ne Frau über 35 hat 'ne größere Chance, vom Blitz getroffen zu werden, als 'nen Mann abzukriegen.«

Ich nehme Anlauf und schwinge mich aufs Ross wie Roy Rogers.

Als ich das letzte Mal auf einer Harley saß, war ich zwölf. Dad kaufte mir eine 125-Kubik-Zweitakter-Harley. Im Grunde war es ein Unkrautflammer auf Rädern.

Dad ließ sie für mich an, legte den Gang ein und ging ins Haus, um sich ›Bonanza‹ anzuschauen. Leider vergaß er mir zu sagen, wie man das verdammte Ding wieder zum Stehen bringt.

Jedes Mal, wenn ich am Fenster seines Arbeitszimmers vorbeikam, schrie ich Zeter und Mordio, Dad sah auf, lächelte und winkte. Nachdem ich einen ein Meter tiefen Schützengraben ums Haus gezogen hatte, ging dem Ding schließlich gegen zwei Uhr morgens das Benzin aus.

»Na, wie ist es?«, fragt Sweetie und sieht sich über die Schulter nach mir um.

Vielleicht ist es die Höhenluft oder die Vorstellung, bei Tempo 100 mit dem Gesicht den Asphalt zu polieren, aber mir ist etwas mulmig. Es gelingt mir, Fliege mit dem Zeigefinger zu mir zu locken. »Hätten Sie den Sitz vielleicht auch in breit?«, flüstere ich seinem Totenkopf-Ohrring zu.

Fliege begutachtet meinen Allerwertesten. »Probieren Sie's im Möbelhaus.«

»Is 'ne Stange Geld«, seufzt Sweetie, als er schließlich absteigt.

»'n Vermögen«, pflichte ich ihm eilfertig bei, entferne mich operativ aus dem Sitz und watschle durch die Halle.

Ich gehe schon davon aus, dass sich die Sache damit erledigt hat, da sehe ich, dass Sweetie die Harley anstarrt, als würde das Leben vor seinen Augen zerrinnen.

Manche Leute sagen, wenn man jemanden liebt, soll man ihn vor seinen Träumen schützen. Sollte ich das jemals behaupten, dürfen Sie mich erschießen.

»Aber was«, sage ich und werfe Sweetie das Scheckbuch zu, »ist schon Geld gegen eine Harley?«

Total topless

»Topless-Beach?«, fragt Sweetie.

»Total topless«, versichert der Typ, fischt die Kirsche aus seiner Piña Colada und steckt sie in den Mund.

Sweetie und ich sind im Lord's Castle Ressort auf dem Inselparadies Barbados. Im Lord's Castle logierten die britischen Truppen, als sie in Granada einmarschierten. Ich muss sagen, von Kriegsführung verstehen die Briten was.

»Der *ganze* Strand?«, fragt Sweetie.

»So weit das Auge reicht«, sagt der Typ und schwenkt das Papierschirmchen über den Horizont wie Mary Poppins.

Barbados wird auch »die klimatisierte Insel« genannt, weil einem ein permanentes Lüftchen mit 40 km/h über den Kakaobutterbody streicht. Ich habe meinen Lebenszweck gefunden. Ich werde eins mit meinem Liegestuhl.

»Sweetie«, sage ich und spraye mich mit Sonnenöl ein, »wie viel Trinkgeld soll ich dem Portier geben, damit er mir eine Bettpfanne bringt?«

»Total topless?«, fragt Sweetie.

»Manche tragen Sonnenbrillen«, sagt der Typ.

Und bevor ich weiß, wie mir geschieht, schiebt mich Sweetie in ein Flugzeug von der Größe eines Kolibris, das ins französische Martinique fliegt.

Ich steige prinzipiell in kein Flugzeug, dessen Piloten vor

dem Start mit eingezogenem Kopf unter der Tragfläche eine Tüte rauchen.

»Sweetie«, sage ich und drücke mir die Nase an der Fensterscheibe platt, »tun die das, was ich meine?«

»Total topless«, sagt Sweetie. Seine Pupillen haben die Form nackter Frauen angenommen – wie sie die Fernfahrer auf ihren Schmutzfängern haben.

Zwanzig Minuten später wanken unsere Piloten endlich in die Maschine, völlig zugedröhnt und mit einer Ladung Schokoriegel für den Heißhunger danach.

Außer dass wir ein paar Fluglotsen niedermähen, verläuft der Start wesentlich glatter, als ich befürchtet hatte. Aber man kann auch erwarten, dass Piloten in Grateful-Dead-T-Shirts was von *high* verstehen. Das Runterkommen ist das Problem.

Angeblich ist es von Barbados nach Martinique nur ein einstündiger Katzensprung. Nach zwei Stunden Flugzeit fangen Cheech und Chong an Runden zu drehen und recken die Hälse nach dem Horizont.

»Was machen die?«, flüstere ich.

»Sie finden die Insel nicht«, sagt Sweetie, plötzlich hellwach, und lehnt sich nach vorn.

In diesem Moment klopft Cheech gegen die Treibstoffanzeige.

In Geografie war ich noch nie 'ne Leuchte, aber da wir direkt nach Osten fliegen – und Afrika nicht in Sicht ist –, muss ich annehmen, dass unser letztes Stündlein geschlagen hat.

»Sweetie«, sage ich und nehme seine Hand, »ich möchte dir nur sagen, dass ich dich mehr liebe als mein Leben und alles nochmal genauso machen würde.«

Sweetie legt seine Hand auf meine, sieht mir tief in die Augen und sagt: »Unsere Blutsaugerverwandtschaft wird unser Vermögen bis auf den letzten Cent verprassen.«

Bei dieser Vorstellung beginnen Sweetie und ich den Flieger zu zerlegen und nach allem abzusuchen, was irgendwie schwimmt. Wir sind gerade dabei die Polsterung aus den Sitzen zu reißen, als Chong aufspringt und aus dem Fenster deutet.

»Voilà! Martinique«, schreit er.

Ich will mich nach der Landung so schnell wie möglich auf Französisch empfehlen, doch Sweetie winkt einen Sicherheitsbeamten herbei, der im Laufschritt angerannt kommt.

»Oui?«

»Où est le topless beach?«, verlangt Sweetie.

Der Beamte deutet mit seinem Schirm in eine Richtung, und Sweetie prescht los.

Öltriefend und total topless räkeln sich Französinnen, so weit das Auge reicht. Der Anblick gleicht einem Blech voller Sandtörtchen in einer Großbäckerei.

Sweeties Zehen haben noch kaum den Sand berührt, als ein Blitz über den Himmel zuckt. Und bevor man »Donner« sagen kann, verlassen alle fluchtartig den Strand.

Im strömenden Regen starren Sweetie und ich auf den verlassenen Strand.

»Sweetie, hilft es, wenn ich mein T-Shirt ausziehe und 'n bisschen rumrenne?«

»Nicht viel«, sagt Sweetie, »aber es schadet auch nichts.«

Der Rasenmäher

Ich weiß nicht, warum das Pentagon so viel Geld für Waffen ausgibt. Würde man jedem Soldaten einen motorisierten Unkrautflammer mit Automatikgetriebe in die Hand drücken, wäre die Vernichtung der Menschheit nur eine Frage der Zeit.

Es ist Samstagmorgen. Draußen ist es so schwül, dass man Dampfnudeln garen könnte. Drinnen dagegen spendet die Klimaanlage perfekte Kühlung. Die Füße hochgelegt und eine Tasse Kaffee in der Hand, habe ich vor, es mir mit einem Schundroman gemütlich zu machen.

»Wenn wir uns beeilen«, sagt Sweetie mit Blick aus dem Fenster, »werden wir mit dem Rasenmähen fertig, bevor es zu regnen anfängt.«

»Wieso *wir?«*

Ich wollte nie einen englischen Rasen. Wenn es nach mir ginge, wäre es mit englischem Rasen wie mit der Pest. Mit Ausnahme weniger Samen, die in einem luftdichten Teströhrchen aufbewahrt werden, müsste man sich sein Wissen aus Büchern holen. Ich bin mehr fürs Natürliche. Wenn Gott einen englischen Rasen gewollt hätte, würde Er ihn auch mähen.

Sweetie dagegen, wenn der eine Wiese sieht, sieht er nur Chaos. Da wird's für ihn politisch. Ein Hausbesitzer ohne englischen Rasen ist schon fast ein Kommunist.

Nach jahrelangen Gefechten haben wir den Garten

schließlich aufgeteilt, mit der Einfahrt als demilitarisierter Zone.

Auf seiner Hälfte ließ Sweetie zuerst die oberste Erdschicht von einem Bulldozer abtragen. Dann bestellte er einen Kipplaster, der wieder Erde draufkippte. Anschließend säte er 50 Kilo Kentucky-Blue-Grass-Samen (und säte ein zweites Mal, nachdem der Regen alles weggeschwemmt hatte), düngte, sprengte und nebelte das Ganze mit Unkraut- und Insektenvernichtungsmitteln ein.

Jetzt brauchte er natürlich einen Traktor, einen Unkrautflammer, eine Kettensäge, ein Laubgebläse und einen Rasenmäher. Den Rasen betreten, das tut er nur zum Mähen.

Auf meinem Stück kann Ihnen nichts passieren, solange Sie auf dem Weg bleiben.

»Du wolltest doch einen manikürten Rasen«, sage ich und vergrabe meine Nase in das Buch. »Dann mäh ihn auch.«

Worauf Sweetie seine Nase in meinen Nacken gräbt und an meinem Ohr Schmetterling spielt.

»Ich werde nie begreifen, warum du eine Blumenwiese umgegraben hast, um einen Hektar Rasen zu pflanzen«, seufze ich und schleppe den Rasenmäher aus dem Schuppen.

»Weil Kunstrasen zu teuer war«, erwidert er nüchtern und bindet sich sein rotes Rambo-Schweißtuch um.

Es hat 40 Grad im Schatten und man braucht einen Schnorchel, um in der Luftfeuchtigkeit nicht zu ersaufen. Die Hände in die Hüften gestemmt und die Beine gespreizt, holt Sweetie tief Luft und verkündet: »Ich liebe den Geruch von Mückenspray am Morgen!«

Er steckt die Hosenbeine in die Kampfstiefel, legt die Sicherheitsbrille, die Schlangenschutzgamaschen und den TÜV-geprüften Gehörschutz an.

»Hinterher wirst du mir dankbar sein«, brüllt er. *»Die ideale Frühgymnastik.«*

Wenn dem so wäre, hätte Cindy Crawford ein Rasenmäh-Video gedreht.

In der Hitze flimmert ein Rasenmeer so weit das Auge reicht. Über unseren Köpfen schwirrt ein Mückenschwarm wie russische Hubschrauber über einem Reisfeld und ich höre, wie sich Milliarden Zecken die Lippen lecken und sich winzige Servietten umbinden.

Wir leben auf dem Land. Ein Landinsekt reißt die Lasche von einer Dose Mückenschutz, steckt ein Papierschirmchen hinein und schlürft das Ganze als Singapur Sling.

Nach zwei Stunden Rasenmäherschieben bleibe ich stehen, um Benzin nachzufüllen. Ich blicke auf und sehe, dass Sweetie mit seinem Unkrautflammer mein Feuchtbiotop ansteuert.

Wusch, wusch, wusch, und Schilfrohr für 50 Dollar geht in Rauch auf. Zing! Zing! und meine Seerosen sind Vergangenheit. Ich bin kurz davor in Ohnmacht zu fallen, als ich sehe, dass Robo Chop den importierten Lotus ins Visier nimmt.

»Neiiin!«, schreie ich und renne wild gestikulierend zum Teich. Ich komme gerade noch rechtzeitig, um mitzuerleben, wie der letzte Lotus geköpft wird.

»Sie sind in mein Territorium vorgedrungen«, meint Sweetie achselzuckend.

Es gab eine Zeit, da glaubte ich wirklich, der Weltfrieden stünde vor der Tür. Jetzt frage ich mich, warum sie im Gartencenter keinen Nato-Draht verkaufen.

Parkplatz

»Da ist einer.«

Wie eine Kompassnadel, die unerschütterlich nach Norden zeigt, fixiert mein Finger die Parklücke – Sweetie fährt vorbei.

Sweetie und ich sind im Einkaufszentrum. Seit zwanzig Minuten deute ich auf Parklücken und seit zwanzig Jahren ignoriert er mich.

Es müsste wirklich mal untersucht werden, warum ein Mann zwanzig Minuten fährt, um nicht fünf Minuten laufen zu müssen. Das muss ein Überbleibsel aus der Jäger- und Sammlergesellschaft sein. Heute jagen Männer Parklücken und Frauen sammeln Klamotten.

»Warum parken wir nicht da drüben?«, frage ich und deute auf eine hektargroße Freifläche jenseits des Mittelstreifens.

»Klar können wir da parken«, giftet Sweetie, »wenn du die Kiste nie wieder sehen willst.«

Zur Erläuterung. Wir fahren einen 1985er Ford Pick-up. Die Ladeklappe wird von Gummispannern gehalten, die Fahrertür ist verbeult und der Außenspiegel auf der Beifahrerseite hat eine Erektionsschwäche. Er baumelt.

Da dürfte es einleuchten, dass eine Wegfahrsperre nicht erste Priorität hat.

Plötzlich steigt Sweetie aufs Gas, mein Nacken knackst wie eine Salzstange. Er rast eine Parkreihe entlang, dann die nächste zurück und steigt wie ein Wilder auf die Bremse, als eine mit Einkaufstüten bepackte Frau bei ihrem grauen Honda ankommt.

Die Tüten von einem Arm auf den anderen hievend, wühlt sie in ihrer Handtasche. Als es so aussieht, als hätte sie den Schlüssel gefunden, zieht sie die Reste eines Pop-Tart heraus, inspiziert es, schlägt die Beißerchen hinein und lässt es wieder in der Handtasche verschwinden.

Schließlich findet sie den Schlüsselbund und steckt den Schlüssel in die Tür. Sie fummelt eine Ewigkeit herum, zieht den Schlüssel wieder ab, schaut ihn an und legt die Stirn in Falten. Sie lehnt sich zurück und betrachtet den Wagen. Sie hält die Hand über die Augen und schaut hinein.

Dann schultert sie ihre Einkaufstüten und geht zu dem grauen Nissan, der daneben steht.

Sweetie verdreht die Augen und sieht mich an, als trüge ich ein Feigenblatt und hielte einen angebissenen Apfel in der Hand.

»Hey!«, protestiere ich, »das hab ich mein Lebtag noch nicht gemacht.«

Ich meine natürlich ein ungetoastetes Pop-Tart zu essen.

Nachdem sie die Schlüssel zuvor in den Untiefen ihrer Handtasche versenkt hat, wühlt sie jetzt wieder wie eine Beutelratte.

Sweetie zündet sich eine Zigarette an.

Endlich kriegt sie die Tür auf, wirft die Tüten auf den Rücksitz und steigt ein. Jetzt folgt die Startkontrolle. Türknopf drücken. Anschnallen. Radio einstellen. Make-up-Check im Rückspiegel. Zweiter Make-up-Check.

Als sie den Lippenstift zückt, platzt Sweetie der Kragen. »Mein Gott, Frau!«, brüllt er die Windschutzscheibe an, »du hast 'n Hintern wie 'n Sattelschlepper! Dein Zahnarzt weiß nicht mal, dass du Lippen hast!«

Endlich leuchten die Bremslichter auf, und sie schießt rückwärts aus der Parklücke.

Mit bebenden Nüstern legt Sweetie den ersten Gang ein und lässt den Motor aufheulen.

Sie setzt zurück. Bleibt stehen. Schaut nach links und nach rechts.

Setzt zurück. Bleibt stehen. Schaut nach links und nach rechts.

Mit pochenden Schläfen verkrallt sich Sweetie in das Lenkrad, bis die Knöchel knacken.

Mitten auf dem Fahrstreifen steigt die Frau plötzlich auf die Bremse, verstellt den Rückspiegel und untersucht ihre Zähne nach Pop-Tart-Krümeln.

Während Sweetie mit dem Kopf gegen das Lenkrad hämmert, tuckert die Frau davon, ein roter Mustang prescht um die Ecke und witscht in unsere Parklücke.

»Wozu sind wir ins Einkaufszentrum gefahren?«, frage ich, den Blick schnurgeradeaus.

»Zum Spazieren gehen.«

Ich frage mich, ob schon mal jemand das Herz-Kreislauf-Training untersucht hat, das ein Mann bei der Parkplatzsuche ableistet.

Die synthetischen Ressourcen der Nation

»Die Maße einer Frau sind mir schnurzegal«, sagt Howard.

Unwillkürlich werfen Doc und Sweetie die Köpfe herum und mustern Howards Frau Jane. Wenn ein Mann behauptet, auf die Brustweite käme es nicht an, kann man wetten, dass seine Frau flach wie ein Brett ist.

Die hochgeistige Unterhaltung findet in einem Restaurant statt, während wir auf Betty warten. Die Kerzen brennen, der Champagner kühlt im Kübel. Betty hat sich vor kurzem die Brust vergrößern lassen, und heute Abend feiern wir den ersten öffentlichen Auftritt derselben.

»Die Brustdrüse hat rein funktionalen Charakter«, konstatiert Doc, »eine biologische Notwendigkeit, und sie sollte auch als solche betrachtet werden.«

Der Gynäkologe in ihm ist nicht zu überhören.

»Es sind Fettbeutel«, sagt Sweetie und zermalmt ein Grissini. »Welchen Unterschied macht es, wie fett sie sind?«

Was soll ich Ihnen sagen? Mit seiner poetischen Ader hat Sweetie mich rumgekriegt.

Damals, in der High School, machten alle Mädchen den Bleistifttest. Wenn der Bleistift – ohne Zuhilfenahme der Hände – nicht unterm Busen hielt, brauchte man keinen BH. Bei Betty hielt ein ganzer Buntstiftkasten. Sie brauchte keinen BH, sondern einen Stapellader. Aber nachdem sie zwei Kinder gestillt hatte, schien ihr Champagner nicht mehr so zu prickeln.

Nach eingehender Gewissenserforschung und einem Privatkredit von der Lehrergewerkschaft beschloss Betty ihr Ego aufzupolstern. Und ob die Jungs es zugeben oder nicht, es hält sie kaum auf dem Sitz vor Erwartung.

»Ihr Männer«, sagt Jane, »seht also keinen Grund für eine Frau sich die Brust vergrößern zu lassen?«

»Das ist eine Vergeudung unserer synthetischen Ressourcen«, erklärt Sweetie im Vollbesitz seiner Autorität.

In diesem Moment geht Betty draußen am Fenster vorbei, wir sehen sie im Profil. Der Tisch verstummt.

Howard verfehlt mit der Gabel den Mund und ersticht um ein Haar Sweetie. Der merkt es gar nicht. Die Augen auf Betty geheftet spürt er, wie seine Seele den Körper verlässt und das Gehirn mitnimmt.

»Jungs, werft die Golfbälle weg«, pfeift Doc, »heut Abend spielen wir Basketball.«

Als wir beim Nachtisch sind, hat das Umweltamt die Sabberpfütze unterm Tisch zum Feuchtbiotop erklärt und Großmaulbarsche eingesetzt.

Natürlich stört das Jane, Leila und mich kein bisschen.

»Wozu brauchen Männer Frauen?«, zischt Jane, sobald die Tür zur Damentoilette knarzend zugefallen ist. »Gebt ihnen 'ne aufblasbare Gummipuppe. Sie merken den Unterschied sowieso nicht.«

Zu dritt stehen wir vor dem Spiegel über den Waschbecken und checken deprimiert die, ähm, Armatur.

»Sind wir Menschen oder Pudel?«, schimpft Jane und nebelt sich mit CK ein. »Ich lass mir für keinen Mann den Schwanz kupieren und die Brust aufplustern.«

»Was zählt, ist die Perfektionierung von Geist und Seele«,

pflichtet Leila ihr bei, »inneren Frieden zu finden und seine höhere Bestimmung zu erfüllen.«

Die Tür geht auf und Betty prallt herein. Ich weiß nicht, wie es um ihren inneren Frieden steht, aber wenn sie ihre Bestimmung noch höher hängt, wird sie daran ersticken.

Sie nimmt die Kurve etwas zu eng, die Implantate knallen gegen den Handtuchhalter und reißen ihn von der Wand. Wahrscheinlich ist es, wie wenn man lernen muss, einen Cadillac einzuparken, nachdem man jahrelang mit einem VW herumgetuckert ist.

»Hast du dir wehgetan?«, frage ich. Eine Fliese fällt krachend zu Boden.

»Nö«, sagt Betty und klopft auf ihre Melonen. »Die sind bruchsicher.«

»Du trägst ja gar keinen BH«, sagt Jane ungläubig.

»Nein«, witzelt Betty, »meine Babys brauchen keinen Kinderwagen«.

»Stört es dich, dass sie nicht echt sind?«, fragt Leila und inspiziert Betty aus der Nähe, als erwarte sie, dass irgendwo Bolzen herausstehen.

Betty überlegt. »Das ist wie beim Auto«, sinniert sie. »Lederpolster wären natürlich besser, aber mit Vinyl fährt die Kiste genauso schnell.«

Dressur

Sweetie meint, der Grund, warum es noch nie eine weibliche Präsidentin gegeben hat, ist, dass Kriege in weniger Zeit geführt und gewonnen werden, als eine Frau braucht, um ein Paar Strümpfe anzuziehen.

»Scherst du Schafe da oben?«, brüllt er.

»Es ist Sommer«, brülle ich zurück. »Ich pflücke Baumwolle.«

Männer haben kein Mitgefühl. Tatsache ist, ein Mann könnte sich einen grauen Anzug auf den Leib tätowieren lassen und wäre, bis auf die Krawatte, für alles korrekt gekleidet, von der Trauung bis zur Trauerfeier.

Eine Frau dagegen hat's nicht leicht. Sie muss sich nicht nur dem Anlass entsprechend kleiden, sie muss auch eine Farbe tragen, in der sie nicht aussieht, als hätte die Totenstarre bereits eingesetzt, und die doch zur Jahreszeit passt. Sie muss sich so kleiden, dass gewisse Ausbuchtungen kaschiert werden und andere betont.

Putzt sie sich zu sehr raus, halten die Leute sie für einen Snob. Putzt sie sich zu wenig raus, halten die Leute sie auch für einen Snob.

Kleidet sich eine Frau zu alt, hat sie keinen Chic. Kleidet sie sich zu jung, ist sie ein Flittchen. Kleidet sie sich zu konservativ, ist sie prüde. Kleidet sie sich zu provokant, ist sie ein

Flittchen. Trägt sie dunkle Farben, ist sie ein Trauerkloß. Trägt sie bunt, ...

Alles in allem sind für einen Satellitenstart weniger Entscheidungen zu treffen. Doch das Schwierigste beim Anziehen ist der Versuch, dem Mann seines Lebens zu gefallen.

Als Sweetie und ich frisch verliebt waren, konnte ich abgeschnittene Jeans und ein paar Heftpflaster tragen, und er war hin und weg. In dem Augenblick jedoch, als es »offiziell« wurde, pflanzte er eine Fahne in meinen Nabel, erklärte mich zu seinem Privatbesitz und verkündete: »*Diesen* Bikini will ich nur sehen, wenn du ihn aus der Waschmaschine nimmst.«

Heute wäre eine Infrarot-Suchrakete nötig, um ein Fitzelchen Haut an meinem Körper zu entdecken. Plötzlich frequentiere ich Läden wie Marco Prüdo oder Calvin Keusch.

Wenn es nur darum ginge, mich von der Nasen- bis zur Zehenspitze zu verhüllen, hätte ich kein Problem. Tatsache ist, dass ich größere Chancen habe, den Weltfrieden zu erwirken, als Sweeties Geschmack zu treffen – besonders wenn wir mit einem wichtigen Geschäftspartner zum Essen gehen.

»Du willst doch nicht *das* anziehen?«, sagt er.

»Natürlich nicht«, sage ich. »Es ist völlig unpassend, weiiiil ...«, ich mache eine Pause und fordere ihn mit einer Handbewegung auf den Satz zu vollenden.

»... weil ich jedes Mal, wenn ich dich anschaue, das Gefühl habe, einen Rorschachtest zu machen. Was Solides.«

»Natürlich.«

Ich renne nach oben, reiße mir das Kleid vom Leib, für das ich drei Tage durch die Stadt gelaufen bin und ein halbes Monatsgehalt ausgegeben habe, entscheide mich für ein adrettes, dreiteiliges Kostüm, für das ich Strümpfe, Schuhe und Accessoires wechseln muss. Ich werfe mir alles über und renne nach unten.

Sweetie schließt die Augen und schüttelt den Kopf. »Wenn

du einen Leberfleck mit einem abstehenden schwarzen Haar hättest, würdest du aussehen wie meine Englischlehrerin in der achten Klasse.«

Genau das, wovon jede Frau träumt.

»Okay. Dann hilf mir drauf. Welche Richtung soll's sein?«

»Na ja, du weißt schon ... konservativ, ohne zu verleugnen, dass du eine Frau bist. Gepflegt, aber spielerisch. Weltgewandt, aber made in America.«

»So eine Art Sharon Stone mit Jackie-O.-Touch und einem Hauch Sandra O'Connor – nichts leichter als das.« Ich fliege die Treppen zurück nach oben.

Viermal Umziehen später trage ich ein schlichtes schwarzes Kleid und sehe aus wie eine Witwe aus ›Der Pate‹.

»Du trägst zu viel Rouge«, sagt er, während er mich auf Schönheitsfehler inspiziert.

»Das ist kein Rouge«, keuche ich. »Ich hab einen Herzinfarkt.«

»Hauptsache«, sagt er und schiebt mich zur Tür hinaus, »du schaffst es bis zum Dessert.«

Reif für die Insel

»Okay«, sagt Allison und klopft mit dem Löffel an die Tasse. »Frage Nummer eins ...«

Al leitet den Familienbetrieb. Zum Kaffee bei ihr zu Hause gibt's immer eine Portion Firmenphilosophie.

»Stellt euch vor, ihr werdet mit einem einzigen Menschen auf einer tropischen Insel ausgesetzt«, sagt Al. »Wer wäre das?«

Rosie, Maxine und ich lehnen uns zurück, und binnen weniger Sekunden kreischen die Möwen um die Terrassenlampe und das Fett in Als Fritteuse schmilzt im Passatwind.

Wir Frauen haben viel Fantasie. Nur mit der Umsetzung hapert es.

Warme Wellen kräuseln sich am schneeweißen Strand. Palmen wiegen sich im Wind. Ich mache die Augen zu und spüre die tropische Sonne auf meinem braunen, zellulitisfreien Körper.

Plötzlich ist der Strand voll von bronzefarbenen, halb nackten Bikini-Models. Mit angehaltenem Atem verwandle ich sie in Pinguine und schicke sie – mit flatternden Flügeln davonwatschelnd – zur Playboy-Villa in der Antarktis.

Inzwischen steht, an eine Palme gelehnt, der Körper stramm und schimmernd vom Schweiß der Hitze ...

»... Bob Vila«, sagt Maxine.

»Der Heimwerkerguru aus ›Hör mal, wer da hämmert‹?«, fragt Al. »Du kannst jeden Mann auf der Welt haben und suchst dir ein Knack-und-Back-Männchen mit Werkzeug am Wanst?«

»He«, erwidert Max schnippisch, »wetten, dass unsere Hütte dicht ist?«

»... Martha Stewart«, seufzt Rosie verträumt.

Die Hausfrauen-Queen! Wir verdrehen die Augenbrauen und beschließen einhellig die Leiche in Rosies aufgeräumtem Keller zu lassen.

»Ich würde mir Woody Allen aussuchen«, sagt Al und zieht einen Espresso aus ihrer 1500-Dollar-Espresso-Maschine. »Er ist begabt, intelligent, witzig ...«

Maxine steckt sich den Finger in den Hals. »Das hutzlige kleine Rumpelstilzchen würde dich binnen vier Wochen mit seinem Gejammer ins Grab bringen.«

Natürlich gibt es nur einen, den ich zu einem Bad in den Wellen mitnehmen würde. Sweetie.

Meine Philosophie lautet, wenn der Mann, den man hat, nicht der Mann ist, mit dem man *verdammt in alle Ewigkeit* sein will, hat man den falschen.

»Na?«, fragt Al mit gespanntem Gesicht.

»George Clooney«, sage ich.

Natürlich stehe ich in dem Ruf mitzuhalten.

»Der *Schauspieler*?«, schluckt Al. »Kann mich mal jemand ins Seichte rudern?«

»Wenn eine Sardinenbüchse mit Dosenöffner an Land gespült würde«, giftet Max, »der Junge wüsste nicht, was er damit tun soll.«

»Du weißt hoffentlich, dass er sich 'n Schwein als Haustier hält«, fragt Rosie besorgt.

Während Al, Max und Rosie den armen George in Stücke reißen, schippere ich mit einem Dampfer auf die Insel zurück.

Leidenschaftlich ineinander verschlungen wälzen Sweetie und ich uns im schneeweißen Sand und achten nicht auf die schäumende Flut, die über uns zusammenschlägt.

»Sweetie«, sage ich und tauche auf, um Luft zu holen, »schwitzt du nicht in deinem Dreiteiler, den schwarzen Socken und den Schnürschuhen?«

»Du weißt, dass ich Sand zwischen den Zehen hasse.«

Woody Allen ringt unterdessen in unserer Hütte die Hände und jammert über die Gefahr, sich so nah am Äquator Hautkrebs zu holen, Martha Stewart tobt, weil sie in einer so miserabel eingerichteten Küche keine ordentliche Muschelsuppe zustande kriegt, und Bob Vila, das Klemmbrett in der Hand, versucht zu erklären, warum das neue Grasdach doppelt so viel kostet wie veranschlagt.

Voodoo

Westons neue Haushälterin ist aus der Karibik. Sie tanzt barfuß, ihr Teint hat die Farbe von Milchkaffee und ihr Akzent ist so stark wie Jamaica-Rum. Da versteht sich von selbst, dass Staubwischen nicht ihre größte Stärke ist.

»So«, sagt Marjie und wirft ein langes, braunes Bein über die Armlehne von Westons Ohrensessel, »Sie sind *bon ami* von Monsieur Weston.«

»*Bon ami* heißt guter Freund auf Französisch«, erklärt Weston und wirft einen Berg Klamotten von der Couch, damit Sweetie sich setzen kann.

»O ja«, sagt Sweetie und legt die Füße hoch. »Der *bon*-ste.«

Und von Minute zu Minute *bon*-ner werdend, nach Sweeties dämlichem Lächeln zu schließen.

Ich muss Sweetie an allen vieren fesseln, damit er mitkommt, wenn wir bei Weston zum Essen eingeladen sind. Doch kaum wird ihm eine Frau mit Akzent vorgestellt, denkt er sofort an Timesharing.

»Will jemand was zu trinken?«, fragt Wes und greift unter die Couch, um ein paar schmutzige Gläser hervorzuangeln.

Normalerweise ist Westons Apartment so blitzblank, dass man aus dem Whirlpool essen kann. Heute Abend fasse ich die Türklinken nur ungern an.

»Das Essen ist gleich fertig«, sagt er und bindet sich eine Schürze um.

»Was gibt zu essen?«, fragt Marjie und zwirbelt die modische Hahnenkralle, die sie um den Hals trägt.

»Dein Lieblingsgericht«, verspricht Weston und verschwindet in der Küche.

Sie kocht nicht. Sie putzt nicht. Und sie macht die Wäsche nicht. Nur Weston bringt es fertig, sich mit solchen Perlen zu schmücken.

In der Zwischenzeit liest Marjie mit klimpernden Armreifen und rumgeschwängertem Atem Sweetie aus der Hand.

»Reiche Leute immer reden von dem, was war. Mittelschichtleute immer reden von dem, was kommt. Marjie redet von Praline, die auf Zunge schmilzt.«

»Das bedeutet, sie lebt für den Augenblick«, sagt Weston und stellt ein Tablett mit angetauten Shrimps-Frühlingsrollen auf den Couchtisch.

Ich begreife, warum Weston so von ihr eingenommen ist. Er ist Anwalt. Hokuspokus ist sein Metier.

»... aber manchmal«, flüstert Marjie, »Marjie sieht, was kommt.«

Sie beugt sich über Sweeties Hand, und man hört förmlich die Voodoo-Trommeln. »Monsieur nicht arbeiten mit Händen«, sagt sie und fährt mit dem Fingernagel über eine schneeweiße Falte.

»Stimmt!«, ruft Sweetie.

Marjie rubbelt Sweeties Hand und verfolgt die Linien.

»Ich nehme nicht an, dass Sie auch aus anderen Körperteilen lesen?«, fragt Sweetie.

»Hmmm«, brummt Marjie.

»Was?«, fragt Sweetie und betrachtet seine Hand.

»Monsieur Sweetie war früher ... wie sagt man ... Sexbolzen.«

»War?«, fragt Sweetie empört.

»Jetzt Monsieur nur Arbeit, Arbeit, Arbeit«, sagt Marjie kopfschüttelnd.

»Arbeit, Arbeit, Arbeit«, wiederholt Sweetie wie ein Papagei.

»Mon dieu!«, ruft Marjie, verdreht die Augen und zuckt am ganzen Körper. »Marjie sehen, was kommt.«

Sweetie und Weston sitzen mit offenem Maul da und glotzen wie Zombies, als Marjie anfängt durchs Zimmer zu tanzen.

Sie stampft mit den nackten Füßen auf, wirft ihre Dreadlocks durch die Luft, wirbelt und windet sich stöhnend und ächzend um Westons nagelneue Kompaktanlage.

Die Frühlingsrollen tauen auf und die Wände fangen zu schwitzen an.

Die Augen nach hinten verdreht und den Mund weit aufgerissen lässt Marjie urplötzlich einen Schrei los, dass einem das Blut in den Adern gefriert, und fällt, als sei sie von einer Kugel getroffen, auf den Stuhl.

»Unglaublich! Wahnsinn!«, hallen die Beifallsstürme der Jungs.

Seufzend angelt sie sich eine Frühlingsrolle und legt die Füße wieder hoch.

»Nun«, frage ich schließlich. »Wie steht's mit Sweeties Zukunft?«

»Immer dasselbe«, meint sie gelangweilt.

Der Mann am Scheideweg

Zwei Wege zweigten im Herbstwald sich ab ... Als er an Robert Frosts legendärem Scheideweg stand, stieg Teddy in seinen BMW und fuhr ins Einkaufsparadies.

»Windermere Estates ist *der* Wohnsitz«, sagt Ted, Anführungsstriche in die Luft malend, und wackelt mit dem Kopf wie Richard Nixon.

Damals, als Sweetie, Philo und Ted auf dem College waren, galt ein VW-Bus als *der* Wohnsitz. Sie wollten der Welt den Frieden bringen. Auf seine Art hat Teddy es schließlich auch getan. Sie kennen doch das kleine Taubenhologramm auf Ihrer Kreditkarte. Es ist von Teddy.

Teds neue Wohngegend ist eine von diesen lasergeschützten, infrarotüberwachten Hochsicherheits-Siedlungen. Ich dachte, der Wachmann unterzieht mich einer Leibesvisitation, bevor er mich reinlässt.

»Das ist Carlos«, sagt die Nachbarin, »hat er Sie festgeklopft?«

»Festgeklopft?«

»Na ja ...«, meint sie und lächelt hintergründig, »vielleicht beim nächsten Mal.«

Irgendwie hab ich meine Zweifel, ob Patty Chakes je einen VW-Bus von innen gesehen hat. Der einzige Grund, warum sie mit einem silbernen Löffel im Mund auf die

Welt kam, ist, dass das Goldbesteck gerade beim Polieren war.

»Importierter italienischer Granit«, prahlt Ted vor Patty und streicht mit der Hand über seine neue Bar, »aus demselben Steinbruch wie Mussolinis Mausoleum.«

Nichts demonstriert die Überlegenheit der freien Marktwirtschaft mehr, als das Grab eines Diktators anzukratzen.

Nach der Art zu urteilen, wie Teddy schon den ganzen Abend Patty das Betriebsvermögen vorführt, macht er sich große Hoffnungen auf eine Unternehmensfusion. Nach der Art zu urteilen, wie Patty auf dem Barhocker sitzt, ist sie zur Übernahme bereit.

»Ich hab meine Badewanne auf 'ner Wiese gefunden«, sagt Philo und streicht sich den Bart. »Der Nachbar hatte sie als Wassertrog für seine Schweine benützt.«

»Sie haben eine Badewanne geklaut?«, fragt Patty ungläubig und leckt ihre Olive wie einen Lutscher.

»Hat sowieso was Besseres gesucht«, meint Philo.

Während wir anderen mit den Zinsraten unsere Ideale fahren ließen, hat Philo daran festgehalten. Seine innenarchitektonischen Ambitionen erschöpfen sich darin, das neueste Heft von ›Schöner Wohnen‹ im Klo liegen zu haben.

»Philo lebt in einer Scheune«, sagt Ted und lässt (aus Perrier hergestellte) Eiswürfel in die Gläser plumpsen.

»Einer Scheune? Mit richtige Ställen, meinen Sie?«, fragt einer von Teds neuen Nachbarn entgeistert.

Wenn der seine Augenbrauen noch höher zieht, braucht er nicht mehr zum Frisör zu gehen.

Am Scheideweg hat Philo nicht nur den minder begangenen Weg gewählt, sein Weg war noch im Bau. In seiner Scheune gibt es kein Brett, das nicht den Stempel »Property of the U.S. Government« trüge.

Ted drückt auf einen Knopf, worauf sich automatisch die

Vorhänge öffnen und den Panoramablick auf Pattys Whirlpool freigeben. Die Häuser stehen so eng, dass man des Nachbarn Nasenhaare zählen kann, besonders mit Teddys x2000-Teleskop.

»Mein nächster Nachbarn wohnt 'ne Meile weiter«, sagt Philo und beugt sich nach vorn, um an der Stadtviertelbesichtigung via Teleskop teilzunehmen. »Ich kann splitternackt auf meiner Veranda stehen und übers Geländer pinkeln.«

Damit löscht er die Unterhaltung wie eine Feuerwehrspritze.

Patty räuspert sich und beendet schließlich das Schweigen. »Ich würd mir Ihren Stall schrecklich gern mal anschauen«, sagt sie.

»*Du* würdest gar nicht hinfinden, Baby«, erwidert Philo.

»Spinatrisotto?«, fragt Ted eiligst und bietet Patty einen Teller an.

»Ich finde überallhin«, sagt Patty und ihre manikürten Nägel fingern sich durch die Löcher in Philos Levi's nach oben.

»Nenn mir eine Sache, an die du glaubst«, sagt Philo und hält ihre Hand fest.

Philo ist vielleicht billig, aber leicht zu haben ist er nicht.

Patty leckt sich nachdenklich die lackierten Finger. »Ich glaube an die Freiheit durch Treuhänderfonds.«

»Das reicht«, sagt Philo, packt sie am Arm und schleppt sie zu seinem Bus.

Zwei Wege zweigten im Herbstwald sich ab ...

Patty blickt sich über die Schulter nach Teddy um und wirft ihm eine Kusshand zu.

Sieht ganz so aus, als ob sie plant zweispurig zu fahren.

Carpe diem

Früher hieß es, Kinder soll man sehen, nicht hören. Wozu müssen wir sie sehen? Ich schlage vor, wir lassen sie im Kindergarten, bis sie alt genug zum Wählen sind.

Ich habe mir ein Handtuch umgebunden und liege auf einer Fichtenbank in Leilas Dampfbad. Es ist warm und feucht und das einzige Geräusch ist ein gelegentliches Zischen. Mir fehlt nur noch ein baumlanger Schwede namens Sven, der mich durchknetet.

Jedem sein Himmelreich.

Wenn ich sterbe, gebt mich in einem Hamam ab.

Ich bin auf dem besten Wege zu verdampfen, als es klickt und die Tür aufgeht. Die Dampfwolke wirbelt auf, und die Tür geht wieder zu.

Langsam taucht der Eindringling aus dem Nebel auf. Die spindeldürren Ärmchen baumeln bis zu den Knubbelknien an dem kleinen, haarlosen Leib und seine Haut ist so weiß, dass er leuchtet. Ein Anblick wie die Autopsie eines Alien.

»Das ist mein Platz«, sagt Leilas dreizehnjähriger Filius.

»Wieso bist du nicht in der Schule?«

»Mama sagt, ich bin krank.«

»Woher weiß sie das?«

Kinder sind auch nicht mehr das, was sie mal waren. Zu

meiner Zeit, solange wir nicht blutüberströmt am Boden lagen, jagte Mama uns in den Schulbus.

»Das ist mein Platz«, sagt er. »Und mein Haus.«

Wenn die Micky Maus nicht im Stimmbruch wäre, würde die Bemerkung vielleicht Eindruck machen.

»Immer noch in Schießer-Kataloge verknallt?«, frage ich trocken.

Mit Augen so groß wie fliegende Untertassen schnappt E. T. nach Luft. Sein kleiner Körper erschlafft, er fängt zu keuchen an wie Darth Vader. Wie ein Wilder fummelt er in der Tasche seiner Badehose herum, zieht schließlich ein Aerosolspray hervor und spritzt sich ein paar Mal in den Mund.

»Alles okay?«, frage ich und setze mich auf.

E. T.s Lippen werden blau und sein Atem klingt wie ein Todesröcheln. Ich halte mein Handtuch fest und springe von der Bank. Ich bin mit der Hand schon an der Türklinke, als E. T. mit einem Satz auf meinen Platz zuhechtet.

»Denkste«, sage ich und versperre ihm den Weg.

Er schaut zu mir empor, kneift die Alienäuglein zusammen und beschießt mich mit Laser-Hass-Strahlen. Dann dreht er sich plötzlich um und watschelt zur gegenüberliegenden Bank. Den Gummizug seiner Badehose festhaltend, als ginge es um sein Leben, hopst er auf die Stufe und funkelt mich böse an.

Ich schließe die Augen und entschwebe. Sven hat mir die Knoten aus den Schultern massiert und tröpfelt mir gerade Öl auf den Rücken, als ich ein Piepsen höre. Ich schlage die Augen auf und sehe, wie E. T. ein winziges Handy aus der Badehose zieht.

Ich hoffe, es ist das Mutterschiff mit dem Befehl, sich zurückzubeamen.

»Online«, antwortet er. Schwer konzentriert knabbert E. T. an den Nägeln und rollt die Zehen ein und aus. Sein

Körper gleicht einem Gummiadler, aber mit diesen Füßen könnte er Rachmaninoff spielen.

Nach einer Viertelstunde Teenie-Gelaber reicht es mir. »Hey, E. T., telefonier woanders nach Hause.«

»Ich muss aufhören«, murmelt er, die Hand über der Muschel.

Er schiebt die Antenne zurück und steckt das Handy wieder ein. Den Dampf mit Fußtritten bearbeitend sieht er mich immer noch grimmig an.

»Sie sind 'ne Frau, stimmt's?«, fragt er wie aus nebligem Himmel.

Meine Theorie lautet, wenn ein Mann so was fragen muss, nützt ihm die Antwort wahrscheinlich auch nichts.

»Hab die Kleine in 'nem Chatroom im Internet kennen gelernt«, sagt er und schaut seinen Zehen beim Kringeln zu. »Und, na ja, sie will mich kennen lernen ... persönlich.«

»Menschlicher Kontakt?«, sage ich. »Findest du das nicht 'n bisschen übertrieben?«

»Mein ich auch«, antwortet er, »schließlich, ähm, mailen wir uns erst seit 'n paar Monaten.«

»Bloß nichts überstürzen«, sage ich. »Du hast noch das ganze Leben vor dir.«

»Eben«, sagt er und nickt.

»Andererseits«, gebe ich zu bedenken, »siehst du nicht gerade gesund aus. Vielleicht machst du's nicht mehr lang. Und du kennst ja das Sprichwort: carpe diem – nütze den Tag.«

Nägel kauend überlegt E. T. »Haben Sie was an unterm Handtuch?«

Telemom

Das Telefon klingelt und ich finde es nicht.

»Sweetie«, rufe ich und wühle im Zeitungsstapel auf dem Tisch. »Wo ist das Telefon?«

Normalerweise gehöre ich nicht zu den Frauen, die wegen eines klingelnden Telefons die Nerven verlieren. Ich bin eher dafür bekannt, es klingeln zu lassen. Aber ich warte schon den ganzen Tag auf einen wichtigen Anruf.

Beim zweiten Klingeln renne ich ins Wohnzimmer und stürze mich in Sweeties Krempel, der gestapelt auf der Couch liegt.

»Sweetie!«, brülle ich und werfe mir seine schmutzigen T-Shirts über die Schulter. »Wo ist das Telefon?«

Beim dritten Klingeln klettere ich über Kisten voller Aktenordner, schlängle mich durch die Schachteln mit Druckerpapier und krieche unter dem Geflecht aus Computer-, Drucker- und Faxkabeln zu Sweeties Schreibtisch.

Wenn man auf Sweeties Schreibtisch das Telefon finden will, geht man am besten wie bei einer archäologischen Ausgrabung vor. Stößt man auf Post aus der Zeit, bevor Abraham Graham Bell das Telefon erfand, gräbt man besser woanders weiter.

Beim vierten Klingeln gebe ich die Hoffnung auf, das Schnurlose je wieder zu sehen. Ich renne nach oben, schlittere übers Parkett, mache einen eineinhalbfachen Rittberger auf Sweeties Schoß und reiße den Hörer vom oberen Telefon.

Sweetie sieht von seiner zerknitterten Zeitung auf mich herab. »Nach sechzehn Uhr dreißig geh ich nicht mehr ans Telefon. Und ich verdiene mehr als du.«

Ich richte mich auf, greife unter mich und ziehe das Ding hervor, das mich schmerzhaft in den Rücken sticht. Es ist das Schnurlose.

»*Wesentlich* mehr«, sagt Sweetie.

Frauen haben ein ziemlich simples Verhältnis zum Telefon. Gäbe es Telefone, die den Ölwechsel erledigen, wären Männer überflüssig.

»Sweetie«, sage ich und zähle meine gebrochenen Rippen, »wenn ich mit Richard Gere durchgebrannt bin, werd ich dir fehlen.«

»Gibt's in Tibet Telefon?«, fragt er und steckt die Nase wieder in die Zeitung.

Wenn's ums Telefonieren geht, gibt es zwei Arten von Männern. Solche, die nicht genug kriegen können, und solche wie Sweetie, die der Ansicht sind, mit einem weiblichen Wesen am Telefon zu plaudern wäre klasse, wenn man den Ton ausschalten könnte.

Der Telefonophile ruft dauernd an. Er ruft an, um sich zu vergewissern, dass man gut nach Hause gekommen ist. Er ruft an, um dir zu sagen, dass er an dich denkt. Er ruft an, nur um deine Stimme zu hören.

Der Telefonophobe hält den Telefonophilen für schwul.

In diesem Augenblick klingelt das Telefon.

»Ich bin nicht da«, brummt Sweetie hinter seiner Zeitung.

»Hallo Mama«, sage ich, lehne mich zurück und lege die Füße hoch. »Es ist deine Mutter«, flüstere ich, die Hand vor der Muschel.

»Ich bin nicht da!«, signalisiert Sweetie, indem er den Kopf schüttelt und abwehrend mit den Armen wedelt.

»Mir geht's prima ... in der Arbeit läuft's prima ... Sweetie geht's prima ... ja, er sitzt direkt neben mir. Willst du mit ihm sprechen?«

Sweetie sieht mich an wie den Schmodder, den man aus dem Badewannenabfluss fischt. Es gibt kein Entrinnen, er reißt mir den Hörer aus der Hand. »Hallo Mama«, sagt er. »Mir geht's prima ... in der Arbeit läuft's prima ... ihr geht's prima.«

Sweetie leidet. Smalltalk am Telefon ist für ihn, als triebe man ihm Bambusspitzen unter die Fingernägel.

»Hör mal, Mama«, sagt Sweetie plötzlich. »Ich muss weg ... mhm ... ja, ich weiß, wir kommen nie dazu, uns zu unterhalten. Ich würd ja öfter anrufen, aber sie lässt mich nicht.«

Er gibt mir das Telefon. »Mama will mit dir reden.«

Auszeit

»O Gott!«, schreit Nancy und schlägt die Hände an die Wangen. »Sweetie sieht aus wie Paul Newman.«

Als ich mich davon erholt habe, meinen Drei-Dollar-Kaffee durch die Nase zu prusten, drehe ich mich – mit allen anderen im Lokal – um und unterziehe Sweetie einem prüfenden Blick.

»Du hast zu lang auf der Ersatzbank gesessen, Schätzchen.«

Als allein erziehende Mutter ist Nancy seit längerer Zeit aus dem Spiel. Und wie jedermann weiß, wenn eine Frau nicht ab und zu ein paar Bälle schlägt, trüben sich die Sinne. Ich gebe ihr sechs Monate. Dann braucht sie einen Blindenhund.

Sweetie und ich »lunchen« im Big Apple. Nancy hat uns in eins dieser Lokale geschleppt, in denen all die schönen Menschen nicht essen, sondern nur bestellen – um sodann mit erhobener Gabel zu posieren. Gelegentlich klingelt ein Handy und ein ausgemergeltes Model stopft sich vor Aufregung die fettfreie Pasta ins Ohr.

»Es ist die Ausstrahlung«, sagt Nancy, Sweetie mit erhobener Gabel studierend. »Er hat dieses Fiebrige, das Frauen verrückt macht.«

Bei uns daheim nennt man Sweeties »Fiebrigkeit« Nikotinentzug.

Als Sweetie feststellte, dass ihn die Pafferei mittlerweile zweitausendfünfhundert Dollar im Jahr kostete, hängte er sein Bic an den Nagel. Sweetie würde dem Tod ins Gesicht paffen, aber er schaut nicht zu, wie sein Geld in Rauch aufgeht.

Natürlich stand sein Organismus unter Schock. Ich halte ihm in regelmäßigen Abständen einen Spiegel unter die Nase, um nachzuschauen, ob er noch atmet. Ansonsten verkraftet er's ganz gut. Ich dagegen spiele die gemeine Schlange.

»Um von heut auf morgen aufzuhören«, erkläre ich und führe die Gabel quer über den Tisch, um aufzuspießen, was Nancy nicht isst, »musste er alles aufgeben, was ihn ans Rauchen erinnert.«

»Du meinst doch nicht ...«

»*Alles.*«

»Dann sitzt du also auch auf der Ersatzbank?«

»Sweetie lässt mich nicht mal den Schläger halten«, antworte ich und spucke einen Fremdkörper in die Serviette. Wahrscheinlich sind es die Überreste der Tischdekoration. Meine Augen werden rapide schlechter.

Plötzlich zuckt Sweetie, zum ersten Mal in vierzehn Tagen. Er schiebt den Stuhl zurück und steht auf.

»Bin gleich wieder da«, sagt er hinter seiner Pilotenbrille.

Das Letzte, was wir von Sweetie sehen, ist, wie er auf dem Gehsteig steht und eine fünfzehn Meter hohe Reklametafel mit Broadwaytänzern anglotzt, die nichts als Calvin-Klein-Unterwäsche tragen.

Unser äthiopischer Kellner kommt mit dem Dessertwagen. Ich traue meinen Augen nicht. »O Gott!«, schreie ich und schlage die Hände an die Wangen. »Der Kellner sieht aus wie Brad Pitt.«

»Hier, Schätzchen«, sagt Nancy und reicht mir ihr eisgekühltes Mineralwasser, »klemm dir das zwischen die Beine.«

Als Sweetie schließlich an den Tisch zurückkommt, wirkt

Cool Hand Luke wie ein Dämlack mit Daumenschonern gegen ihn. Jede Frau im Lokal mustert den Jungen. Sein Gang hat Pep, und wenn er noch mehr Blei in seinen Stift packt, wirft ihn das NYPD gegen einen Wagen und filzt ihn.

»Hast wohl 'n Treffer gelandet«, sagt Nancy und tut so, als würde sie an ihrem Cappuccino nippen.

»Vier Dollar das Päckchen«, sagt Sweetie und tätschelt seine Hosentasche. »'n Deal zum doppelten Preis.«

»Verzeihen Sie«, gurrt die Frau am Nebentisch, »haben Sie vielleicht 'ne Zigarette?«

Mit der Lässigkeit eines James Bond klopft Sweetie das frische Päckchen gegen den Handrücken und bietet ihr den hervorstehenden Glimmstängel an.

»Sie sind mein Lebensretter«, seufzt sie, greift mit beiden Händen zu und nimmt sich die halbe Packung.

»Sweetie«, sage ich auf dem Tischtuch herumtastend. »Ich seh nichts.«

»Keine Angst«, sagt Sweetie, »der Wonder Boy ist wieder da.«

Kulturfuzzis

Der Moment, als Sweetie begriff, dass er in mir kulturelles Brachland vor sich hatte, war, glaub ich, bei unserem zweiten Date. Er parlierte über Tintoretto und ich entgegnete ohne jeden Selbstzweifel: »Ehrlich gesagt, Jägermeister tut's auch fürs Geld.«

»Zwei Karten für Jesse Jackson«, sage ich zu der Dame an der Kasse und krame in meinem Rucksack.

»Reverend Jesse Jackson?«, fragt sie stirnrunzelnd. »Sie meinen Jessye Norman.«

»Hauptsache, sie singt«, entgegne ich mit lässiger Handbewegung.

Sweetie hat Musikwissenschaft studiert. Die Hälfte der Zeit habe ich keine Ahnung, wovon er spricht, aber aus irgendeinem Grund bekomme ich jedes Mal Lust, ihm die Kleider vom Leib zu reißen und das hohe C zu singen.

»Es gibt nicht mehr viele Karten«, sagt die Kassendame mit Blick auf den Bildschirm.

»Für eine Opernsängerin?«, frage ich ungläubig.

»Na ja, Jessye Norman ist die beste Sängerin der Welt.«

»Sie soll erst mal den Titelsong von ›Titanic‹ singen«, entgegne ich schnippisch, »dann reden wir weiter.«

In Wahrheit befürchte ich, Sweetie könnte eines Tages hin- und hergerissen sein zwischen einer Frau, die seine musische Leidenschaft teilt, und meiner Leidenschaft für Schweinekoteletts. Daher habe ich beschlossen mich zu bilden.

»Gute Plätze, wie?«, sage ich redselig zu meinem Nebenmann.

»Musikkenner«, erwidert er blasiert ohne von seinem Programmheft aufzublicken, »sitzen links.«

»Warum sitzen Sie dann hier?«

»Ich bin mit der Solocellistin befreundet.«

»Nicht schlecht, Herr Specht«, rufe ich und ramme ihm den Ellbogen in den Kummerbund.

»Sie schauen auf die Bratschen«, meint er trocken.

Kunstfuzzis reagieren sehr empfindlich, wenn man die Instrumentengröße ihrer Bettgenossen unterschätzt.

»Klavierspieler«, sage ich süffisant und deute mit dem Daumen in Sweeties Richtung.

»Nicht schlecht, Frau Specht«, erwidert mein Nachbar.

Mozart hören hebt angeblich den IQ, aber zum Einschlafen geht nichts über Schubert. Zu Beginn der Pause schnarche ich.

Die zweite Hälfte lässt sich besser an. Ich erkenne sogar einige Stücke und kann mich in meiner Begeisterung nicht zurückhalten leise mitzusingen.

Schließlich betritt Jessye Norman in flatternder Seidenrobe majestätisch die Bühne. Sie gilt als Diva, aber das ist, gelinde gesagt, Untertreibung. Mit dem hoch gesteckten Haar und dem goldenen Tuch, das sie wie eine Krone darum herumgewickelt hat, ist sie eine wandelnde Freiheitsstatue.

Der mickrige Dirigent, der neben ihr aufs Podest steigt, sieht aus wie die Grille Jiminy im Frack. Unter normalen Umständen würde das Männlein selbst Schirm schwingend keinen Schatten werfen, doch sobald er mit dem Taktstock ans Pult klopft, wird er zum tasmanischen Teufel. Das schlohweiße Haar weht in alle Himmelsrichtungen, die Rockschöße flattern, die dünnen Ärmchen schwirren wie Propeller und der ganze Kerl kurvt so rasant auf dem Podest herum, dass man nur noch die Abgaswolke sieht.

Jedes frisch frisierte Haupt auf unserer Seite des Saals reckt sich nach rechts ... und nach links ... steht vom Sitz auf ... und taucht wieder nach rechts ab. Es ist, als würden wir *auf und nieder, immer wieder* zu Wagner schunkeln.

Von Mrs Norman sehen wir nur hier und da winzige Fetzen aufblitzen wie bei Discobeleuchtung.

Ich würde losheulen, hätte ich in weiser Voraussicht wasserfeste Wimperntusche aufgelegt. Eine kulturell gebildete Frau hätte Plätze auf der linken Seite genommen. Mit Schamröte im Gesicht schiele ich zu Sweetie hinüber.

Der lehnt sich mit geschlossenen Augen und verklärtem Gesicht auf seinem miserablen Platz nach vorn, als würde ihn soeben die Muse küssen. Irgendwie hab ich den Verdacht, Sweetie sieht Jessye Norman besser als alle anderen im Saal. »Eine solche Stimme«, flüstert er ehrfurchtsvoll, »hört man vielleicht nur einmal im Leben.«

»Jaaah«, entgegne ich, »und sie soll verdammt gut predigen.«

Im Truck Stop

»Das Lied hat was«, seufzt Loretta und wischt den Resopaltresen vor uns ab, »da möchte man als Frau in einen Pick-up steigen und die Stoßdämpfer testen.«

Montagabend im Truck Stop. Garth Brooks in der Jukebox. Die Trucker, ein Auge auf dem Wetterbericht, das andere auf Loretta, beugen sich über ihr Steak mit Sättigungsbeilage.

»Nummer 576«, dröhnt eine Stimme durch die Sprechanlage. »Ihre Dusche ist frei!«

Loretta schleckt den Daumen ab, zählt das Trinkgeld und steckt es ein. Loretta und ich sind Freundinnen, seit wir auf der High School Mr Norfleet in Geschichte hatten. Ich half ihr in Geschichte beim Louisiana-Purchase und sie half mir beim Kauf meiner ersten Reizwäsche.

»Das is nur 'n Aushilfsjob«, versichert sie Sweetie, als sie unsere Hamburger aus der Durchreiche nimmt und vor uns hinstellt. »Bloß bis mein Betrieb wieder läuft.«

Loretta braucht einen Finanzberater, deshalb leihe ich ihr Sweetie.

»Was ist mit deinem Laden?«, fragt Sweetie und linst unter den Deckel seines Hamburgers.

»Man könnte es 'ne feindliche Übernahme nennen.« Sie schlägt eine Cola am Tresen auf und reicht sie Sweetie.

»Mein Drecksack von Exmann bekam ihn bei der Scheidung zugesprochen. Mama hat immer gesagt, der Kerl is ’n Goldgräber.«

»Was war’s denn für ’n Betrieb?«, fragt Sweetie und wischt den Flaschenhals an der einzigen sauberen Fläche ab, die er findet – seinem Hemd.

»Fensterputzen.«

»Dein Exmann bekam also alle ...«

»Eimer, Abzieher ... den ganzen Krempel.«

Sie schnippt ihr Edelstahlfeuerzeug auf und zündet sich eine Mentholzigarette an. Sie lässt den Feuerzeugdeckel zuschnappen und steckt es wieder in die Schürze. Im Truck Stop ist überall Raucherzone, wo es nicht nach Benzin riecht.

»Das soll mir eine Lehre sein«, sagt Loretta und bläst den Rauch an die schmierige Kassettendecke. »Schluss mit Investoren. Die Frau bleibt ab jetzt in privaten Händen.«

»Ich hätt dich gern in privaten Händen, Loretta«, ruft ein Trucker am anderen Ende des Tresens.

»Du würdst dich verheben, Kleiner«, raunzt Loretta.

»Wuff! Wuff! Wuff!«, jaulen die anderen Trucker.

Das Kinn in die Hände gestützt lehnt sich Loretta über den Tresen zu Sweetie hinab. »Ich war bei der Bank und hab versucht einen Kredit aufzunehmen. Aber der Banker wollte, dass ich für zweitausend Dollar Kredit meinen Camaro verpfände.«

»Banker sind Mafiosi in billigen Anzügen«, sagt Sweetie, hält die Ketchupflasche über seine Pommes und versohlt ihr den Hintern.

»Mister, hab ich zu ihm gesagt, schaun Sie sich mal die Haarwurzeln an. Unter der blonden Mähne steckt das brünette Gehirn einer Geschäftsfrau.«

Loretta beugt sich vornüber und deutet auf ihren Kopf. Sweeties Augen schaffen es nicht bis zu den Haarwurzeln.

Fasziniert von dem Kreuz, das in ihrem Ausschnitt baumelt, scheint er eine religiöse Erscheinung zu haben.

»Ich hoffe, der Banker kriegt Flöhe in seine Shorts«, schimpft Loretta.

»Mögen sie sich vermehren wie Zinseszins«, fügt Sweetie hinzu.

»Also«, sagt Loretta und schnipst die Zigarettenkippe in den Geschirrspüler. »Was soll ich tun?«

»Ich werd mir mal deine Finanzlage anschauen«, sagt Sweetie und beißt in eine ketchuptriefende Fritte, »dann sehn wir weiter.«

Loretta legt den Kopf schief und mustert Sweetie. »Komm mal her«, sagt sie und lockt mit dem Zeigefinger.

Wie ein frisch geschlüpftes Küken streckt sich Sweetie über den Tresen, Loretta kommt ihm auf halbem Wege entgegen. Sie schließt die Augen, streckt die Zunge heraus und leckt ihm langsam einen Tropfen Ketchup vom Kinn.

»Nimm's als Vorschuss«, sagt sie kehlig.

»Loretta«, warne ich, »Sweetie ist in privaten Händen.«

»Ich werf nur die Pumpe für dich an, Schätzchen«, meint sie augenzwinkernd.

Irgendwas sagt mir, so fangen feindliche Übernahmen an.

Koi-tus

»Wir haben keine Zeit zu verplempern«, sagt Sweetie. »Rein . . . und raus.«

Sweetie und ich sitzen auf dem Parkplatz des Teichpflanzen-Centers. Vier Stunden lang habe ich in drei Läden zugesehen, wie er jede Fußmatte beschnüffelt, befingert und Probe liegt. Jetzt bin *ich* in Shoppinglaune und er sagt mir, es reicht nur für einen Quickie.

»Rein und wieder raus.«

»Hatten wir die Diskussion nicht schon mal?«, maule ich, ». . . irgendwie kommt mir das bekannt vor.«

Sweetie zückt den Arm und stoppt die Zeit.

Im Laufschritt passiere ich Schilfpflanzen und Rohrkolben und entdecke endlich ein braun gebranntes Mädchen in Shorts, das bis zu den Knien in tropischen Seerosen steht.

»Wasserhyazinthen«, keuche ich im Vorbeilaufen.

Das Mädchen deutet in eine Richtung. *Run, baby, run.*

Als ich um eine Ecke biege, stolpere ich fast über ein Halbdutzend Frauen, die um einen künstlichen Wasserfall sitzen. Sie haben die Beine zum Lotussitz überkreuzt und lassen eine Hand in einen Koi-Fischteich baumeln.

»Ooooh, aaaah«, stöhnen sie mit verzücktem Gesichtsausdruck.

Eine der Frauen schlägt die Augen auf und bedeutet mir

mitzumachen. Ich erinnere mich an mein »Rein-und-raus«-Versprechen und zögere. Dann sage ich mir, wenn ich versauere, während Sweetie Fußmatten kauft, kann er mir fünf Minuten geben, um nach Erleuchtung zu fischen.

Selbst mit einer Zange bekäme ich meine Extremitäten nicht in den Lotussitz, aber ich lasse mich aufs Gras plumpsen und falte meine Schwabbelschenkel, so gut es geht.

Ohne weitere Instruktionen taucht die Frau ihre Hand wieder in den Teich, schließt die Augen und stöhnt weiter.

Ich beuge mich übers Wasser und schau mir die Kois an. Sie sind so groß wie Babytümmler, die Neonfarben blenden und ihre Mäuler sind so breit wie Suppenteller. Wenn Mick Jagger ein Fisch wäre, wäre er ein Koi.

Von der anderen Seite des fischreichen Teichs nimmt ein schwarzgoldener Koi Blickkontakt zu mir auf. Ich weiß nicht, vielleicht ist es die Art, wie seine Schuppen im Sonnenlicht glitzern. Vielleicht stehe ich auch einfach auf schweigsame, schleimige Typen. Wie auch immer, ich beschließe mein Glück zu versuchen. Vorsichtig tauche ich die Hand ins Wasser.

Der Koi kommt auf Freiersflossen angeschwommen. Er umschwänzelt meine Hand und verabreicht ihr eine kleine Whirlpool-Massage. Und plötzlich, ohne jede Vorwarnung, streifen seine gefiederten Flossen meine Haut.

»Oh«, japse ich. Mir läuft eine Gänsehaut den einen Arm rauf und den anderen runter.

Schamlos reibt er seine Breitseite an meiner Hand wie ein Kater. Den Lotussitz kann ich vergessen. Ich bin so schlaff, dass man mich wie Spaghettini um eine Gabel wickeln könnte.

Nachdem er zart an meiner Handfläche genibbelt hat, nimmt er einen Finger in den Mund und beginnt daran zu saugen.

»Ohh, Sushi«, stöhne ich und halte die Luft an.

Na gut, vielleicht verwechselt er mich mit einem Wurm. Rollenspiele würzen die Beziehung, sag ich immer.

In diesem Moment schießt Sweetie um die Ecke. »Ich warte seit zwanzig Minuten auf dich!«, brüllt er. »Beabsichtigst du den Fisch zu kaufen oder nicht?«

»Kaufen?«, entgegne ich pikiert. »Heiraten werd ich ihn.«

Der Steuerfritze

»Kleiner Tipp«, sagt der Steuerprüfer, als er Sweeties Arbeitszimmer betritt, »der Fisch stirbt, weil er's Maul aufmacht.«

»Konfuzius?«, frage ich.

»Mafia-Handbuch«, antwortet er.

Nur Sweetie und ich schaffen es, von Vito, dem Mafia-Steuerprüfer, geprüft zu werden.

Er sieht sich beiläufig im Zimmer um, zieht plötzlich eine Taschenlampe hervor und leuchtet unter Sweeties Schreibtisch.

»Alte Gewohnheiten sind schwer auszutreiben«, sagt er und steigt auf einen Stuhl.

»Alte Gewohnheiten?«, frage ich und äuge misstrauisch zu ihm hinauf.

»Früher war ich Kammerjäger«, sagt er und sticht mit einem Taschenmesser in einen freiliegenden Balken.

Ein Kammerjäger auf Karrierekurs beim Finanzamt. Wir sind verloren.

»So«, sagt der Steuerfritze. Er wischt sich den Staub von den Händen und lässt sich in einen Sessel fallen. »Sind Sie nervös wegen der Steuerprüfung?«

»Sollten wir?«, frage ich.

»Na ja, Sie wissen ja«, meint er und knipst das Schloss an seinem Aktenkoffer auf. »Mach bei der Mafia einen Fehler und du wachst mit einem Pferdekopf im Bett auf. Mach beim Finanzamt einen Fehler und du wachst ohne Bett auf.«

Ich mache mir eine Notiz, das Bett auf meine Mutter zu überschreiben.

Sweetie liegt seelenruhig in seinem Sessel und klopft die Fingerspitzen unterm Kinn aneinander. Er ist so cool, dass sein Schnauzbart vereist.

»Ein ehrlicher Mann ist nie nervös«, meint er lässig.

»Ein Dieb ohne Gelegenheit nennt sich einen ehrlichen Mann«, gibt der Steuerprüfer zurück.

Und die Ehefrau des Mannes, der sich mit dem Finanzamt anlegt, darf ihn im Knast besuchen.

»Wollen Sie sich die Steuererklärungen anschauen?« Sweetie zieht einen Aktenordner heraus.

»Der Adler jagt keine Fliegen«, erwidert der Steuermann beleidigt.

Er nimmt seine Brille aus dem Etui und rollt sie sorgfältig hinter den Ohren aus. Mit einem Seufzer beginnt er in den Unterlagen zu stöbern.

»Wow!«, sagt er plötzlich, als er sieht, wie viel Steuern wir zahlen. »Das muss wehtun!«

»Ich habe nichts gegens Steuern zahlen«, meint Sweetie achselzuckend.

Ich drehe mich um, weil ich sehen möchte, ob Sweetie Schaum vor dem Mund hat.

»Je mehr man zahlt, desto mehr muss das Geschäft abwerfen«, erklärt Sweetie. »Nächstes Jahr zahlen wir hoffentlich doppelt so viel.«

Der Steuerfritze sieht Sweetie über den Ordner an. »Stört es Sie nicht, dass der Durchschnittsamerikaner von Januar bis Mai arbeitet, um seine Steuern zu zahlen?«

»Wir bekommen auch ’ne Menge dafür«, sagt Sweetie und blinzelt ein bisschen, als er am heißen Kaffee nippt.

»Wollen Sie behaupten, es macht Sie nicht wütend, wenn Sie beim Finanzamt eine Auskunft wollen und nicht mal die wissen Bescheid?«

Sweetie winkt ab. »Dafür stößt sich unser Steuerberater gesund.«

»Kommen Sie«, sagt der Steuerfritze und beugt sich über den Schreibtisch. »Wenn wir Ihnen zwanzig Prozent Zinsen abnehmen – plus Strafgebühren –, würden Sie da nicht am liebsten alles auf Subunternehmer abwälzen?«

Sweetie beugt sich seinerseits über den Schreibtisch. »Das ist ein kleiner Preis für die Freiheit, ein eigenes Unternehmen zu besitzen und sein eigener Boss zu sein.«

Der Steuermann fällt in den Sessel zurück. »Wissen Sie was?«, fragt er plötzlich und klappt den Aktenkoffer zu.

»Sweeties künftiger Zellengenosse ist ein Gewichtheber, der Rohre verlegt?«, wimmere ich.

»Nein, Sie haben Termiten.« Er klatscht eine zerknautschte Visitenkarte auf den Schreibtisch und marschiert Richtung Tür. »Rufen Sie mich an.«

»Sweetie«, sage ich, während wir beobachten, wie der Steuerfritze wegfährt, »hast du nie versucht deine Talente sinnvoll anzuwenden?«

»Nicht steuerbar«, meint er.

Paradise Lost

Sweetie sagt, beim Sex gibt es drei Sorten von Frauen – Katzen, Bussarde und Briefbeschwerer. Katzen sind wählerisch, Bussarde stürzen sich auf alles und Briefbeschwerer brauchen gar kein Futter.

»Wir beginnen mit ein paar Wortassoziationen«, sagt Dr. Dick und verteilt die Hefte.

Auf Empfehlung eines befreundeten Paares nehmen Sweetie und ich an einem Beziehungsbereicherungsseminar teil. Bislang war es so informativ wie ein Auffrischungskurs im Töpfchengehen.

Es liegt auf der Hand, wessen Idee das Ganze war. Alle Frauen sind scharf auf die Aussicht, vier Stunden im Halbkreis sitzend ihre emotionalen Bedürfnisse zu diskutieren, während die Männer aussehen, als hätten ihre *Fruit of the Looms* ein bisschen zu lange im Trockner gelegen.

Der einzige Grund, warum Sweetie nicht geblockt hat, ist das Szenario. Die Frau uns gegenüber riecht förmlich nach Bussard. Sie ist dunkel, geheimnisvoll und trägt einen Minirock, der einen Knopf davon entfernt ist, ein Produkt ihrer Fantasie zu sein.

»Hallelujah«, murmelt Sweetie jedes Mal, wenn sie die Beine übereinander schlägt.

Dr. Dick legt mir ein Heft auf den Tisch. Ich habe es noch

nicht einmal aufgeschlagen, als Sweetie seines bereits zuklappt und den Stift obendrauf knallt. Ich schnappe mir das Heft und lese seine Antworten. »Die Farbe, die du mit deiner Persönlichkeit assoziierst, ist getupft?«, lese ich vor. »Und das Gewässer, das du mit sexueller Intimität assoziierst, ist das Kondenswasser auf einer Aludose?«

»Ich bin eben ein komplexer Mann«, meint Sweetie achselzuckend. »Hallelujah!«

»Okay«, sagt Dr. Dick und klatscht in die Hände zum Zeichen, dass wir mit unserem Geschreibsel zum Ende kommen sollen. »Wer kann mir den Schlüssel zu einer befriedigenden Beziehung nennen?«

»Emotionale Anteilnahme und gegenseitiger Respekt«, ruft meine Freundin Angie.

Dr. Dick holt eine Tröte hinter dem Pult hervor. Tröööt!

»Falsch!«

»Absolute Ehrlichkeit?«, ruft eine andere Frau.

Tröööt! Tröööt!

»Gemeinsame Ziele?«, rät meine Banknachbarin.

Tröööt! Tröööt! Tröööt!

Dr. Dick kehrt uns den Rücken zu und lässt ein Stück Kreide über die Tafel quietschen.

»Der Schlüssel zu einer befriedigenden Beziehung«, ruft er beim Schreiben nach hinten, »ist sexuelle Übereinstimmung.«

Die Jungs strahlen wie Weihnachtsbäume mit Dr.-Ruth-Westheimer-Rauschgoldengeln auf der Spitze.

»Wenn der sexuelle Appetit übereinstimmt«, erklärt Dr. Dick, »werden beide in der Beziehung befriedigt. Wenn nicht, wildert einer von beiden in fremdem Revier – oder er verhungert.«

Ehrlich gesagt wirken einige Jungs, als hätte die Totenstarre bereits eingesetzt.

»Ist das nicht etwas zu simpel?«, fragt Angie skeptisch.

Dr. Dick sieht sich die Knaben an. Man könnte messen, wie ihre Bierbäuche auf der Richterskala ausschlagen.

»Nächste Frage.« Dr. Dick stellt den Fuß auf den Stuhl neben Miss Minirock. »Wenn ich *sexuelle Intimität* sage, welches Gewässer fällt Ihnen dazu ein?«

Mini leckt sich verträumt die Lippen und reibt die Schenkel aneinander, als wolle sie Feuer machen. »Der Swimmingpool in unserem Golf Club«, sagt sie schließlich.

»Und warum?«, fragt Dr. Dick den Ellbogen aufs Knie gestützt.

»Er ist kristallklar«, haucht sie.

»Hallelujah!«, murmelt Sweetie.

»Und ...«, fordert Dr. Dick sie auf weiterzumachen.

»Man muss vorher duschen.«

»Hallelujah!«, stöhnt Sweetie und schlägt die Augen gen Himmel.

»Und ...« Dr. Dick beugt sich zu ihr hinab.

»Und die Bahnen sind einzeln abgetrennt, damit man nicht gestoßen wird.«

Sweetie blinzelt und macht ein Gesicht, als hätte jemand das Paradies geteert und einen Parkplatz angelegt. »Versteh ich das richtig?«

»Medizinisch ausgedrückt« – Dr. Dick seufzt – »haben wir hier den klassischen Fall eines Briefbeschwerers im Bussardkleid.«

Autositze

An den Autositzen erkennt man, wie es um die Beziehung bestellt ist.

Als ich Sweetie kennen lernte, fuhr er einen Chevrolet mit einer Sitzbank von der Größe einer Matratze. Als etwas Festes daraus wurde, tauschte er ihn gegen einen Oldsmobile mit Schalensitzen.

Jetzt fährt er einen Kombi. Bis eine Frau über den Schaltknüppel, die Handbremse, das kleine Ding, mit dem man auf Allradantrieb schaltet, und den dualen Becherhalter geklettert ist, weiß sie nicht mehr, wozu sie eingestiegen ist.

Es ist nur eine Frage der Zeit, bis mich Sweetie in einen Möbellaster schnallt.

»Sweetie«, brülle ich durch die Fahrerkabine, »seit wann trägst du eine Brille?«

»Ungefähr seit zwanzig Jahren«, brüllt er zurück.

Das muss um die Zeit gewesen sein, als wir den Oldsmobile bekamen.

Wenn es um die Beziehung geht, sollte man wachsam bleiben. Erst sind es Schalensitze. Dann getrennte Fernseher. Während er Atemübungen zu ›Baywatch‹ macht, leckt man bei David Duchovny in ›Akte X‹ den Bildschirm sauber.

Und eh man sich's versieht, streitet man ums Sorgerecht

für die Katze. Natürlich will er die Katze gar nicht. Es ist reiner Trotz. Aber erzählen Sie das mal einem Katzen liebenden Scheidungsrichter.

»Sweetie«, sage ich, »wir müssen reden.«

Sweetie schaudert. Mit »reden« zu drohen ist, als würde man ihm mit einem Ochsenziemer den Hosenboden stramm ziehen.

»Sweetie«, seufze ich, »wir driften auseinander.«

Sweetie greift in die Kommode und holt einen Terminkalender raus. »Hast du was dagegen, wenn wir die Diskussion auf« – er zählt an den Fingern ab – »Dienstag verschieben?«

Sweetie hält sich an meinen Hormonspiegel wie ein Bauer an den Bauernkalender. Er weiß, wann er pflügen, wann er pflanzen und wann er den Acker in Ruhe lassen muss.

»Weißt du, wie viele Freunde aus unserer Schulzeit geschieden sind? Alle!«

Sweetie erstarrt zu einer menschlichen Schaufensterpuppe. Er denkt sich, wenn er nicht atmet, führe ich den Disput mit mir selbst. Und vielleicht gewinnt er zur Abwechslung mal.

»Und weißt du, warum alle unsere Freunde geschieden sind? Wegen der Schalensitze.«

Sweetie notiert es sich in dem Notizbuch, das er für den Tag aufbewahrt, an dem er mich einliefern lässt.

»Wann sind wir zum letzten Mal parken gefahren?«, frage ich.

Sweetie zündet sich eine Zigarette an. Hätte er geahnt, dass auf der Fahrt zum Müllcontainer ein Frage-und-Antwortspiel stattfindet, hätte er den Recyclemüll an einem anderen Tag weggebracht.

»Als wir unser erstes Haus kauften«, antworte ich.

Auf der gepunkteten Linie einen Kredit mit dreißig Jahren Laufzeit zu unterschreiben war, als würde man Sweetie Salpeter einflößen. Einen Monat lang mussten wir jeden Abend in der Einfahrt seiner Mutter parken. Sweeties Mom hatte kein Problem damit. Sie hatte nicht gemerkt, dass er ausgezogen war.

»Um unserer Beziehung willen«, seufze ich, ganz Märtyrerin, »ich glaube, wir sollten parken fahren.«

Sweetie zieht an der Zigarette und überlegt. »Können wir zuerst den Müll wegbringen?«, fragt er. »Er wird langsam überreif.«

»Im Supermarkt müssen wir auch noch vorbeifahren.«

Nach zwanzig gemeinsamen Jahren knirscht es manchmal bei uns im Getriebe, aber was die Gesamtleistung betrifft, verweist uns niemand auf die Rückbank.

Wer solche Freunde hat, braucht keine Drogen

Hallo, Herr Doktor

Meine Freundin ist zwischen zwei Liebhabern hin- und hergerissen. Der eine ist Arzt, der andere ein arbeitsloser Kfz-Mechaniker, der zur Zeit auf dem Rücksitz seines Wagens nächtigt. Normalerweise überstürze ich keine Entscheidungen, aber in dieser Angelegenheit befinde ich mich bereits im freien Fall.

»Was für ’n Wagen?«

»Peugeot«, sagt Kat.

Das bestätigt meine Theorie, dass Junggeselle Nummer 2 nicht weit kommen wird.

Immerhin, eine Beziehung ist mehr als die Summe ihrer Bestandteile.

Es muss so sein. Es springt ja nicht mal ’ne Tasse Kaffee raus bei dem, was man vom Schrotthändler für ’nen gebrauchten Peugeot bekommt.

»Mit welchem hast du am meisten gemeinsam?«, frage ich, während ich die Speisekarte studiere.

»Mit dem Arzt«, sagt Kat und spielt nachdenklich mit einer Locke.

»Mit welchem kann man besser reden?«

»Mit dem Arzt«, sagt Kat und kaut auf einem Nagel.

»Und welcher kann besser . . . Klavier spielen?«

»Der Arzt«, sagt sie ohne zu zögern.

Ich blicke irritiert von der Speisekarte auf. Ich hatte wie selbstverständlich angenommen, dass ein Mann, der eine Harley tunen kann, geschicktere Hände hat als ein Nullachtfünfzehn-Chirurg.

»Der Arzt ist also intelligenter, erfolgreicher und besser im Bett?«

Kat hebt schuldbewusst die Schultern.

»Wozu reden wir dann überhaupt?«

Ich habe die Erfahrung gemacht, dass es in jeder Situation einen rechten Weg gibt. Und Kat biegt automatisch links ab. Beim Paarungsverhalten sind manche Frauen wie Lachse – sie schwimmen immer wieder denselben Bach hinauf.

»Aber Harley sieht nun mal« – Kat schüttelt sich – »*sooo* gut aus.«

Zugegeben, ich bin so tiefgründig wie ein Pappbecher, aber meine Freundinnen sind manchmal so flach, dass sogar ich schockiert bin.

»Schönheit vergeht«, sage ich, »aber ein Arzt behält seinen Wiederverkaufswert.«

Kat schiebt ein DIN-A4-Foto von Harley über den Tisch. Wenn ich 'n Mann wär, müsste ich die Beine übereinander schlagen.

Kat entwindet mir das Foto und versucht, so gut es geht, die Knicke glatt zu streichen. Zwischen dem Sabber und der angenagten Ecke sieht der arme Harley aus, als sei er hart geritten worden.

»Sorry«, murmle ich.

»Kein Problem«, sagt sie. »Das Original hab ich zu Hause.«

Ich denke einen Augenblick schweigend nach. Nichts hasse ich mehr, als wenn meine Überzeugungen auf die Probe gestellt werden. Daher versuche ich erst gar keine zu haben.

»Kat«, seufze ich, »hinter Tür Nummer eins wartet finanzielle Sicherheit, emotionale Erfüllung und intellektuelle Ebenbürtigkeit. Hinter Tür Nummer zwei wartet ein Wunderbaum mit Zimtaroma. Für welche Tür entscheidest du dich?«

Kat beißt gequält in ihr Lipgloss.

Sieht so aus, als müssten wir eine höhere Instanz einschalten.

»Die Natur stattet jeden von uns mit individuellen Gaben aus«, sagt die Kellnerin und hält den zermalmten Harley gegen das Licht.

Kat und ich nicken feierlich.

»Der Arzt ist mit Köpfchen und Kohle gesegnet. Harley hat Schultern wie ’n Staudamm und füllt ’ne Jeans wie Buttercreme ’nen Bienenstich.«

Mit einem Stoßseufzer wandert ihr Blick zur Salatbar hinüber. »Wer sind wir, dass wir behaupten dürften, der eine sei dem anderen überlegen?«

Kat sieht mich verstohlen an. Ich senke reumütig das Haupt.

»Folgen Sie Ihrem Glück!«, ruft die Kellnerin. »Nehmen Sie Harley!«

»Mir soll’s recht sein«, sagt Kat und lässt sich in den Stuhl zurückfallen.

»Schon gut, schon gut«, grummle ich. »Ich tanze auf deiner ... nächsten Hochzeit.«

»Nachdem die Sache damit geklärt wäre«, sagt die Kellnerin, klappt ihren Rechnungsblock auf und zieht den Stift vom Ohr, »wie war noch mal die Nummer von dem Arzt?«

Beim Leichenbestatter

»Vier ... fünf ... sechs ...«, flüstert Leila.

Um sich beim Anstehen am Sarg die Zeit zu vertreiben, zählt Leila die Faceliftings. Es geht nichts über ein Begräbnis, um Betrachtungen über die Kürze des Lebens anzustellen – und die Bedeutung sorgfältiger Hautpflege.

»Bei dem Preis für ein Begräbnis«, sage ich und kneife die Augen zusammen, um die Schleife am Chrysanthemenkranz zu entziffern, »sollte man meinen, sie könnten sich 'ne Sechzig-Watt-Birne leisten.«

»Andererseits«, entgegnet Leila und dreht den Kopf nach links und rechts, um ihr Konterfei in der Messingurne zu bewundern, »sehen Frauen in indirekter Beleuchtung am besten aus.«

Indirekte Beleuchtung hin oder her, Leila sieht fantastisch aus. Die drei Sargträger auf der anderen Seite des Raums glotzen, als würden sie ihr Leben dafür geben, Leila zur Ruhe zu betten.

Was Modebewusstsein angeht, wecke ich auf dem Bauhof lüsterne Blicke, aber Begräbnischic war noch nie meine Stärke. Leila hingegen hätte Leichenbestatterin werden sollen.

»Trauerkleidung steht dir«, sage ich.

»Ich weiß«, antwortet sie. »Ich bin die geborene Elektra.«

Die Schlange bewegt sich, Leila und ich rücken nach.

»Wie ist meine Haut?«, fragt sie und wendet mir ihr Gesicht zu, damit ich es inspiziere.

»Gut«, antworte ich automatisch. Dann sehe ich nochmal hin. Sie sieht sogar noch besser aus als sonst.

»Preparation H«, flüstert sie mir ins Ohr.

»Du meinst . . . im Gesicht?!«

»Sorgt für sofortiges vorübergehendes Abschwellen« – Leila deutet auf ihre nicht vorhandenen Tränensäcke – »und verengt geschwollene Poren.«

»Creme oder Zäpfchen?«, frage ich und packe sie am Kragen ihres schwarzen Kostüms.

Ich habe keine Ahnung, welche Nebenwirkungen auftreten, wenn man sich Hämmorrhoidensalbe ins Gesicht schmiert, aber mein Mund nimmt allein bei dem Gedanken die Form eines Schließmuskels an.

»Sanft wie ein Babypo«, sagt Leila und streckt mir die Backe hin, damit ich sie anfasse.

Es ist nur eine Frage der Zeit, bis Leila und ich in Formaldehyd baden.

Die Schlange rückt ein Stück weiter und ich komme neben einem rosa Antiktelefon zu stehen, dessen Hörer lose herabbaumelt.

»Häng nicht auf«, schreit Leila und stellt sich mir wie John Wayne in den Weg.

»Was?« Mit einem Satz nach hinten lasse ich den Hörer los, als hätte er mich gebissen.

»Das ist ein allegorisches Blumengebinde«, erklärt Leila mit Verweis auf den pendelnden Hörer. »Es symbolisiert, dass sie ›heimgerufen‹ wurde.«

Ein Fax wär mir lieber. Mein Kinn ist schon ganz faltig vom ewigen Hörereinklemmen.

Mit gesenktem Haupt und gefalteten Händen blicken wir schließlich auf die Verblichene hinab.

»97 ist viel jünger als früher«, seufzt Leila.

»Und wird immer jünger.«

»Sie sieht gut aus.«

»Ganz natürlich.«

»Ihr Teint ist makellos.« Leila tritt näher an den Sarg heran.

»Porenlos wie Porzellan.« Ich stelle mich neben sie.

»Sie hat nicht eine Falte im Gesicht«, stellt Leila fassungslos fest.

Wir stellen uns auf die Zehenspitzen und beugen uns über den Sarg.

»Mann, so gut sah sie zu Lebzeiten nicht aus!«, sagt Leila.

Im Keller von Fennel's Bestattungsinstitut könnte man Eisblumen züchten. Ich hauche in die Hände und stampfe mit den Füßen, um wieder Gefühl in die Zehen zu bekommen.

»Sie vertreten also die Theorie«, fachsimpelt Leila mit Mr Fennel, der gerade einen *Kunden* bearbeitet, »dass, wenn eine Raumtemperatur von dreizehn Grad die Totenstarre verlangsamt, es zwangsläufig auch Falten verhindert?«

»Leila«, murmle ich zähneklappernd, »du hast den Verstand verloren.«

Mr Fennel sieht mich über den Rand seiner Nickelbrille an und inspiziert mich wie ein Insekt. »Ich gebe Ihnen noch zwei Jahre« – er feixt – »dann betteln Sie um ein Leichenlifting!«

Vogel Strauß

»Ich denke an Emus«, sagt Charlie.

»Emus.« Ich nicke. »So 'ne Art überdimensionale Hühner?«

Charlie und ich sind ehemalige Kollegen. Alle zwei Monate kommt er hier vorbei und lädt mich mit seiner Firmenkreditkarte zum Essen ein.

»Emus sind stark im Kommen«, sagt Charlie und schneidet seinen tellergroßen Steaklappen an, um zu prüfen, ob er noch blutig ist.

»Gibt's jetzt Emu-Aktien?«, frage ich, Butter auf mein Brötchen schmierend.

»Nö«, sagt er und richtet die Gabel auf mich. »Ich kündige und züchte sie.«

Vom Ingenieur zum Hühnerfarmer ... steile Karriere!

Im Leben eines jeden kommt der Punkt, an dem man aufwacht und sich sagt: »Das ist kein Job – das ist die Hölle mit Rentenanspruch.«

»Charlie«, sage ich und beiße krachend in eine Gurke, »hast du überhaupt schon mal einen Emu gesehen?«

Wenn man beschlossen hat Karriere zu machen, entwickelt man sofort die Überflieger-Mentalität. Mit einem Grinsen im Gesicht blickt man sich unter den Kollegen um und denkt »Looo-ser«.

»War das nicht ’n Emu in ›Biene Maja‹?«, frage ich.

Veränderung beflügelt. Die Möglichkeiten sind unbegrenzt und man will nicht pingelig sein. Solange man in der Weltgeschichte herumgondelt, eine Firmenkreditkarte besitzt und nach Lust und Laune Golfspielen kann, steht dem Glück nichts im Wege.

»Sie wachsen schnell und sind sehr gutmütig«, sagt Charlie und zieht eine Broschüre hervor: »*Emus – Ihr Weg zu finanzieller Unabhängigkeit.*«

Man ist ja ein bescheidener Mensch, aber ein prestigeträchtiger Titel wär nicht zu verachten – so was wie »Schatzkanzler« vielleicht.

»Garantiert gutmütig«, sage ich und blicke in die wachen Augen eines DIN-A4-großen Vierfarb-Hochglanz-Emus.

Man ruft seinen Sachbearbeiter beim Arbeitsamt an und teilt ihm mit, dass dies sein Glückstag ist. Man hat beschlossen, die Branche zu wechseln – etwas Neues, Aufregendes, Wachstumsorientiertes –, vielleicht etwas, das der Menschheit zugute kommt. Lange Pause am anderen Ende der Leitung ... gefolgt vom Freizeichen.

»Charlie«, sage ich, »sind Emus in deiner Wohnanlage erlaubt?«

Man holt sich die Sonntagszeitung, geht die Stellenangebote durch und kommt zu der ernüchternden Erkenntnis, dass man, wenn man die derzeitige Stelle aufgäbe, für seinen Lebensunterhalt vielleicht tatsächlich *arbeiten* müsste.

»Emu-Schnitzel vielleicht.«

»Könnte sein«, meint Charlie.

Man networkt alle Networks, kontaktiert alle Kontakte, bearbeitet alle Mitarbeiter und stellt enttäuscht fest, dass sie hoffen, man ruft an, um *ihnen* einen besseren Job anzubieten.

»Wow, ich wusste gar nicht, dass Emus eine Geschwindigkeit von sechzig Stundenkilometern erreichen können«, sage ich, in der Broschüre schmökernd.

Man wischt den Staub vom Lebenslauf und er zerfällt in der Hand.

»... und sie produzieren fünf Pfund Mist täglich – *pro Vogel.*«

Allmählich beschleicht einen der Verdacht, dass man im Grunde für nichts qualifiziert ist. Genauer gesagt ist man sich plötzlich ziemlich sicher, dass man nicht mal seinen derzeitigen Job bekäme.

»Charlie, wie viele Emus, glaubst du, braucht man, um ein Haus und zwei Autos abzuzahlen und drei Kinder aufs College zu schicken?«

»Ich halt's nicht mehr aus«, wimmert er.

»Ich weiß«, sage ich und tätschle ihm die Hand. »Aber, Junge, das Einzige, was bei dir wächst, sind Haare.«

Und ganz offen, mein kleiner Emu, die wachsen auch nicht mehr so gut wie früher.

Bucket und Duck

Ich sitze in meiner Autowerkstatt auf einer Werkzeugkiste. Den Platz hab ich schon viele Nachmittage warm gehalten. Quickie-Schuppen waren noch nie mein Ding. Nennen Sie mich altmodisch, aber ich mag Männer, die mit meiner Karosserie umgehen können und mein Timing kennen.

»Was is mit Ihrem Kotflügel passiert?«, fragt Joe und gibt mir 'ne kleine Cola.

»Mir is 'n Baum reingerannt«, sage ich und wische den Flaschenhals am T-Shirt ab.

»Die Bäume kucken auch nich, wo sie hinlaufen«, meint Joe und puhlt mit einem Schraubenzieher Rinde aus der Stoßstange.

Joe hat so eine zupackende Art. Noch ein Grund, warum ich bei Mechanikern strikt monogam bin. Seit dem College hab ich keinen anderen Mann an meine Zündkerzen gelassen.

Das Telefon klingelt und Joe trabt ins Büro. Ich hole mit dem Finger etwas Lanolin-Handwaschpaste aus dem Topf, stelle mich vor den Ventilator und lausche Patsy Cline am Radio.

Eine gute Werkstatt ist wie ein Golfclub für niedere Töchter. Die Getränke sind eisgekühlt, die Schokoriegel frisch und die Jungs haben Arme aus Stahl. Vergessen Sie Bodybuilding. Für starke Muckis geht nichts über Michelins aufpumpen.

Plötzlich sehe ich durch die Scheibe, wie Joe den Hörer von sich weghält, flucht und den Hörer auf die Gabel knallt.

»Ich hab ihm gesagt, er soll se nich heiraten«, brummt Bucket. Er zieht den Chupa Chups aus dem Mund und brüllt in die Grube hinunter: »Hab ich ihm nich gesagt, er soll se nich heiraten?«

»Haste, Bucket«, brüllt Duck unter meinem Wagen zurück.

Bucket greift blind in eine Werkzeugkiste, zieht einen Schraubenschlüssel heraus hält ihn in die Grube. »Klar sieht se gut aus, aber die Alte spinnt.«

Duck nimmt den Schraubenschlüssel und nickt. »Die Alte spinnt.«

»Wenn der Motor erst auf Touren ist«, gluckst Bucket, »gibt's kein Halten mehr.«

Wieder klingelt das Telefon, Joe wirft ihm nur einen grimmigen Blick zu.

»Die ruft hier bestimmt dreißig Mal am Tag an«, brummt Bucket, holt einen Ölfilter aus dem Regal, nimmt ihn aus der Schachtel und reicht ihn in die Grube hinunter.

»Wenn nich öfter«, erwidert Duck, inspiziert den Filter und verschwindet unter meinem Kombi.

Man hört, wie die Mutter in die Schüssel fällt und das Öl in den Trichter gluckert.

»Natürlich«, meint Bucket feierlich, »spinnt meine Alte auch.«

An die Grubenwand gelehnt zündet sich Duck eine Zigarette an und wartet, bis das Öl abgelaufen ist. »Ich hab dir gesagt, du sollst se nich heiraten«, sagt er und atmet den Rauch aus. »Hab ich dir nich gesagt, du sollst se nich heiraten?«

Voller Verachtung rollt Bucket den Lolly von einer Backe in die andere.

»Weißt du«, sagt er langsam, »allmählich hab ich das Gefühl, alle Frauen spinnen.«

Duck grunzt, schnipst die Kippe zum Werkstatttor hinaus und kriecht wieder unter meinen Kombi.

»Wie lange bist 'n verheiratet, Bucket?«, frage ich.

Er dreht die Augen zur Decke und rechnet nach. »Alles in allem ... würd ich sagen, ungefähr zwölf Jahre. Aber die jetzige hat mich erst seit zwei Jahren am Wickel.«

»Wie oft warst du verheiratet?«

»Viermal«, sagt er, »wenn man das in Las Vegas nicht mitzählt.«

Duck, der fasziniert den alten Ölfilter bewundert, schwingt sich unter dem Kombi hervor und knallt gegen die verbeulte Stoßstange. Grimassierend fasst er sich an die Stirn und schaut nach, ob Blut am Finger klebt.

»Vegas«, seufzt Bucket und wirft Duck einen sauberen Lappen zu. »Mann, *die* hat vielleicht gesponnen!«

Wahnsinn definiert sich angeblich dadurch, dass man immer wieder dasselbe tut und ein anderes Ergebnis erwartet.

Aber nachdem ich beim Zurückstoßen zum dritten Mal an denselben Baum gefahren bin, sollte ich vielleicht besser die Klappe halten.

Dope

Emma streckt das Bein schon aus dem Volvo, bevor sie mit quietschenden Reifen in Leilas Einfahrt zum Stehen kommt. Sie rast in die Küche, reißt eine Schublade auf und wühlt, bis sie ihren Stoff findet. Sie reißt die Plastikfolie auf, zieht mit den Zähnen eine Virginia Slim aus der Packung und schnipst ihr Bic an.

»Aaahh«, stöhnt sie und lässt sich gegen den Tresen fallen.

»Verstehe, dein Mann denkt immer noch, du hättest aufgehört«, sage ich und trinke einen Schluck Kaffee.

»Ich nehm's als Training«, erwidert Emmy und reibt sich Tabak ins Zahnfleisch, »für die Zeit, wenn Zigaretten ganz verboten werden.«

»Wundert er sich nicht, warum du täglich ein Dutzend Mal aus dem Haus stürzt?«, fragt Rosie.

»Er glaubt, ich hätte 'ne Affäre mit Leila«, antwortet Emmy und bläst den Rauch in die Abzugshaube, »aber sonst ist alles in Butter.«

Manche Frauen finden es lästig, dass Männer nur an das Eine denken. Aber für diejenigen, die es auszunützen wissen, ist es so praktisch wie ein Hosengummi.

»Kaffee?«, fragt Leila Emmy und füllt unsere Tassen nach.

»Kann nicht.« Emmy macht einen letzten Zug und wirft

das belastende Beweisstück in den Müllschlucker. »Wir haben Gäste zum Abendessen. Sie glauben, ich bin in der Küche und hole die Vorspeise.«

Mundspray spritzend ist Emmy schon halb aus der Tür, als sie plötzlich stoppt. »Kann ich mir ’n bisschen Dip borgen?«

Um Leilas Küchentisch versammelt sehen wir Emmy aus der Einfahrt preschen. Es ist nur eine Frage der Zeit, bis der Gesundheitsminister ein Gesetz erlässt, dass Raucher auf Entzug einen Warnsticker tragen müssen.

»Ich hatte nie Geheimnisse vor meinem Mann«, sagt Rosie und wickelt den Faden um ihren Kräuterteebeutel, um ihn auszuquetschen.

»Und er?«, fragt Leila, das Kinn in die Hand gestützt.

»Abgesehen von der vierundzwanzigjährigen Zahntechnikerin, mit der er durchgebrannt ist, glaub ich nicht.«

Gäbe es Gerechtigkeit auf der Welt, hätten Ehemänner, die mit Vierundzwanzigjährigen durchbrennen, eine deutlich höhere Sterblichkeitsrate als Kettenraucher.

»Ich persönlich finde, Rauchen sollte verboten sein«, meint Rosie.

Sie rührt bedächtig ihren Tee um und klopft den Löffel an der Tasse ab. »Und ich finde, den Kaffee sollten wir auch mal unter die Lupe nehmen. Kaffee macht nervös und süchtig. Früher war Kaffee übrigens verboten.«

Rosie hat keine Laster. Sobald wir sie abgemurkst haben, lassen wir sie heilig sprechen.

»Rosie«, warne ich und versuche meine Hand ruhig zu halten, damit ich mir noch eine Tasse eingießen kann, »Finger weg von meiner Droge!«

In diesem Moment schießt Emmys Volvo durch den Vorgarten und bleibt quietschend in der Einfahrt stehen.

»Das war fix«, sagt Leila, als Emmy auf dem Linoleum zum Stehen kommt.

»Nicht fix genug«, entgegnet Emmy und verpasst sich ihren Schuss. »Ich hasse nichts so sehr wie die Gesellschaft eines selbstgerechten Nichtrauchers.«

Worauf Rosie in ihren Tee starrt, als wolle sie die Zukunft herauslesen.

»Seine Frau hat eine Gummibärchen-Fahne«, schimpft Emmy, beugt sich über den Tresen und bläst abgefallene Asche weg, »... und hält *mir* einen Vortrag über Gesundheit und soziale Verantwortung!«

»Ich hab gar nicht gewusst, dass passiver Gummibärchen-Genuss gesundheitsgefährdend ist«, sagt Rosie, »aber das sollte zweifellos untersucht werden.«

»Zeit für den Salat«, knurrt Emmy und verbuddelt ihre Kippe im Katzenklo.

»Bon appetit«, ruft Leila Emmy hinterher.

»Was macht Emmy eigentlich im Urlaub?«, fragt Rosie, während Emmys Volvo die Mülltonne rammt.

»Sie trägt ein Nikotinpflaster unterm Bikini«, antwortet Leila.

»Wundert sich ihr Mann nicht darüber?«, fragt Rosie.

»Er glaubt, es seien Hormone«, sagt Leila. »Letztes Jahr hat sie 'ne Totaloperation vorgetäuscht.«

Im Kino

Sweetie sagt, wenn sich Paare paaren sollten, gäbe es ein Wort dafür.

»Leute, die im Kino quatschen, sind das Letzte, findest du nicht?«, fragt Rita und rümpft die Nase.

»Das Allerletzte.«

Sweetie und ich sind mit Rita und Roger im Kino, einem Paar, das wir kürzlich auf einer Party kennen gelernt haben.

»Ihr habt hoffentlich nichts dagegen«, sagt Roger, »aber wir sitzen gern nah an der Leinwand.«

Sweetie und ich sehen uns an. Ein Bund *made in Heaven*.

Rita und Roger raffen ihre Snacks zusammen und folgen Sweetie und mir zu unserem gewohnten Platz, zweite Reihe, genau in der Mitte. Sweetie und ich haben so viele Stunden in diesen Sesseln verbracht, dass sie unsere Konturen angenommen haben und automatisch aufklappen, wenn sie uns kommen sehen.

»Dieser neue Film mit der Schauspielerin, die in dem Film mitspielt, wo der Typ Regie führte, der in der Talkshow über Bigotterie aufgetreten ist, klingt interessant«, sagt Roger während des Vorspanns.

»Meg Ryan, ›Schlaflos in Seattle‹, Rob Reiner, ›Harry und Sally‹«, übersetzt Rita und nimmt sich eine Handvoll Popcorn.

»Ich wusste gar nicht, dass es einen neuen Film mit ihr gibt«, sage ich und reiße mit den Zähnen das Zellophan von den Schokorosinen.

»Mhm«, gurgelt Roger, den Mund voller Gummibärchen.

»Wer spielt die männliche Hauptrolle?«, fragt Sweetie und wiegt Popcorn in der Hand ab, um das richtige Mischungsverhältnis von Popcorn und Schokorosinen herzustellen.

»Schatz«, sagt Roger plötzlich zu Rita, »ist das Bild für dich nicht unscharf?«

»Für mich isses unscharf, Liebling«, antwortet Rita und zwinkert die Leinwand an.

Roger drückt Rita seine Cola in die Hand, steht auf, dreht sich zum Vorführraum um und brüllt: *»Schärfer!«*

Sweetie und ich erleiden gleichzeitig einen Schlaganfall.

»Ihr wisst schon«, Roger lässt sich wieder in den Sessel fallen, »der Typ, der in dem Film mitspielt mit dem anderen, der echt gut war, dann aber fett wurde, und überall liefen wilde Tiere rum.«

»Oooh ... es liegt mir auf der Zunge!«, sagt Rita und schnippt mit den Fingern.

»Verzeihen Sie«, sagt die Frau hinter uns und streckt den Kopf zwischen Rita und Roger. »Meinen Sie den, der mit der mit der Traumfigur verheiratet ist, die in dem Film mit den fliegenden Elvissen mitgespielt hat?«

»Genau!«, sagt Roger.

»Matthew Broderick«, sagt die Frau, hoch zufrieden mit sich.

Sie lächelt Roger an und bannt seinen Blick für geschlagene drei Sekunden, bevor sie in ihren Sessel zurückplumpst.

Die Hitze, die von Ritas Gesicht abstrahlt, könnte Cheese-Dip zum Schmelzen bringen. Roger mampft unterdessen unschuldig seine Gummibärchen.

»Zufallstreffer«, knurrt Rita.

»Kaum«, schießt die Frau zurück.

»Man muss es echt nötig haben, wenn man im Kino lauscht«, keift Rita nach hinten.

Die Frau versetzt Ritas Lehne einen Tritt.

Eh wir uns versehen, klettert Rita über die Lehne, und die Snacks fliegen durch die Gegend wie die Torten in ›Twister‹.

Mitten in dem Getümmel aus Kratzen, Haareziehen und Kreischen steht Roger auf und donnert: *»Stellt vielleicht mal jemand scharf?«*

Regungslos starren Sweetie und ich auf den spannenden Vorspann.

»Mann«, sagt Sweetie, während Ritas Schuh vorbeifliegt, »ich hab mich immer schon gefragt, was der Gaffer macht.«

Roger wird von einem fliegenden Knie am Hinterkopf getroffen und versprüht eine Salve Gummibärchen im Saal. Sie klatschen gegen die Leinwand und bleiben kleben.

»Schatz!«, ruft Roger nach hinten, als das Licht ausgeht. »Der Film fängt an!«

Rita rafft ihren Rock, klettert in unsere Reihe zurück und lässt sich auf ihrem Platz nieder.

»Sollte nicht vielleicht wer die Gummibärchen abzupfen?«, flüstere ich.

»Pssst!«, zischen Roger und Rita wie aus einem Mund.

K. W.

Als Bob Beth mitteilte, er sei k.w., glaubte sie, er wolle auf Entschlackungskur gehen. Wie die Betroffenen wissen, lag sie damit nicht so falsch. »Du bist gefeuert?«, fragt Beth ungläubig, als sie die Kündigung liest.

»Nicht gefeuert«, sagt Bob und zieht die Schlägerhaube von seinem Holz drei. »Ich ›kann wegfallen‹ – Rationalisierungsmaßnahme.«

»Rationalisierungsmaßnahme«, wiederholt Beth langsam, »hättste nicht ’n bisschen rationaler sein können?«

Wir sitzen in Bobs Arbeitszimmer, im linken Flügel ihrer Villa, die in etwa die Größe Dänemarks hat. Während sich Sweetie über ihre Finanzen beugt, gießt Beth aus der Silberkanne Kaffee nach und Bob reinigt mit einem Ledertuch seine Golfschläger.

»Na«, fragt Bob, haucht seinen Ping-Putter an und poliert ihn auf Hochglanz, »wie schlimm ist es?«

»Meiner Kalkulation nach könnt ihr euren derzeitigen Lebensstandard noch ungefähr« – Sweetie tippt auf die »=«-Taste seines Taschenrechners – »eine Stunde und fünfzehn Minuten aufrechterhalten, vorausgesetzt, es entstehen keine unvorhergesehenen Kosten.«

»Was ist mit meiner Abfindung?«, fragt Bob auf den Griff konzentriert.

»Eine Stunde zwanzig«, meint Sweetie trocken.

Bob wird es nie zu einem soliden Vermögen bringen. Er scheint der Meinung zu sein, dass Geld ein Verfallsdatum habe und es besser sei, sein Geld zu verjubeln, als es zu verzinsen.

»Dann specken wir eben ein bisschen ab«, meint er achselzuckend und legt einen Titleist-Golfball auf den Perser. »Schatz, leg 'ne Liste an.«

Beth läuft zum Schrank und holt den Notizblock mit Monogramm und goldenem Kuli.

»Nummer 1«, sagt Beth und notiert: »Coffee Club streichen.«

»Das ist mein Mädel!«, ruft Bob und macht ein paar Übungsschläge.

»In guten wie in schlechten Zeiten, Liebling«, sagt Beth anbetungsvoll.

Mit festem Griff wirft Bob ihr eine Kusshand zu.

»Nummer zwei, Poolservice streichen.«

»Ich hab's früher gemacht«, Bob schlägt den Ball in den Ausguss der Cocktail-Bar, »mach ich's eben wieder.«

»... Gärtner, Wäschedienst, Haushälterin ...«

»Liebling, was Besseres hätte uns gar nicht passieren können«, erklärt Bob und legt den nächsten Ball auf den Boden. »Ein Gefühl wie frisch verheiratet!«

»Maniküre, Pediküre, Gesichtspflege, Massagen ...«

»Wer sagt, die Amerikaner könnten den Gürtel nicht enger schnallen, wenn's sein muss?!«, höhnt er und schießt den Ball durch die Marmordiele.

»Bye, bye, luxury!«, trällert Beth und schwingt den Kuli wie Bernstein den Taktstock über den New Yorker Philharmonikern.

»Was für Ronald Reagan gut genug war«, brüllt Bob, als der Ball vom Oberlicht abprallt, »ist für Bobby junior gerade recht.«

»... Golfclub *adieu*!«, zirpt Beth.

Bob erstarrt mitten im Schwung, als wär das Videoband gerissen. »Den Club?«, japst er und dreht sich entgeistert zu Sweetie um.

Bis dass die Schulden sie scheiden.

»FORE!«, nickt Sweetie.

»Aber ich krieg doch Arbeitslosengeld?«, insistiert Bob. »Ich hab schließlich fünfundzwanzig Jahre lang Steuern bezahlt. Wenn einer verdient hat was zurückzubekommen, dann bin ich es, oder?«

»Bob, dein Arbeitslosengeld wird noch niedriger sein als dein IQ.«

Bob starrt Sweetie an wie ein Reh die Scheinwerfer eines Golfcart.

Beth nimmt ihm den Putter aus der schlaffen Hand und klebt ein Post-it auf den Golfsack mit der Aufschrift: Flohmarkt.

»Ich lasse sie ungern in diesem Zustand allein«, meint Sweetie, als wir zum Wagen gehen.

»Keine Angst«, beruhige ich ihn und winke zum Abschied, »Beth hat eine Zuckerdose im Schrank, mit der man die Staatsschulden begleichen könnte.«

Babysitten

Neulich rief Mindy an und bat mich babyzusitten.

»In *diesem* Leben, meinst du? Glaub ich kaum.«

»Kümmer dich mal um deine Östrogene.«

Verstehen Sie mich nicht falsch. Es gibt nichts Niedlicheres als kleine Jungs. Ich bin nur zufällig der Meinung, dass sie unter die Kategorie der Tiere fallen, die nicht domestizierbar sind und in die freie Wildbahn gehören.

Keine Horde wild gewordener Elefanten könnte so viel Unheil anrichten wie Mindys Sohn, wenn er unbeaufsichtigt in meinem Wohnzimmer bleibt. Der Knabe hat versucht meine Fische zu ersäufen.

Sein Dad ist auch keine Hilfe. Wenn der Kleine erst aufs Töpfchen geht, setzt er ihm einen Helm auf, drückt ihm einen Football in den winzigen Bauch und brüllt: »Los, greif an!« Wenn das Kind in die Pubertät kommt, wird es an seinem Körper keinen Quadratzentimeter geben, der nicht zerkratzt, verbrannt und zerstückelt ist beziehungsweise ganz fehlt.

Dann wird er sechzehn, und wenn Mama gerade einen Stoßseufzer der Erleichterung ausstößt, wirft ihm Dad die Autoschlüssel zu – zwei Tonnen Blech und Glas rasen mit Lichtgeschwindigkeit über die Autobahn. Würde man einen Hund so behandeln, käme man in den Knast. Ich kann nur sagen, es wird höchste Zeit, dass jemand einen Knabenschutzverein gründet.

»Alles, was du wissen musst, steht hier«, sagt Mindy hastig und drückt mir ein laminiertes Babysitter-Handbuch in die Hand.

»Wo ist er?«

Mindy verdreht die Augen zur Decke, wo das schwache, aber regelmäßige Klappern einer Computertastatur zu hören ist.

»Er spielt mit dem neuen Computerspiel, das sein Dad ihm geschenkt hat. ›Foltermethoden der Spanischen Inquisition‹.«

Ich schließe die Augen und ächze.

»Halt die Ohren steif«, ruft sie über die Schulter und entfleucht.

So schnell die Füße sie tragen, rennt sie durch den Vorgarten. Als sie mit quietschenden Reifen zur Einfahrt hinausprescht, kommt mir die durchaus realistische Möglichkeit, dass sie nicht wiederkommen könnte. Ich würd's bestimmt nicht.

Unter den gegebenen Umständen empfiehlt es sich, das Handbuch zu studieren. Wie bei den meisten Gebrauchsanweisungen schweift mein Blick schon bald zu einem Fettfleck hinter dem Herd ab, der verblüffende Ähnlichkeit mit Roseanne hat.

»Was tust du?«, fragt Mindys Sohn, der mich kalt erwischt.

»Ich schaue.«

»Wohin?«

»Nirgendwohin«, sage ich harmlos. Ich werde nicht zugeben, dass ich einen Speckklecks fixiere.

Wir mustern uns abschätzend. Er ist ungefähr einszwanzig groß, wiegt tropfnass vielleicht dreißig Kilo und hat ein Gesicht wie ein Weihnachtsengel. Ich bin verloren.

»Wie geht's den Fischen?«, fragt er.

»Wasserscheu, danke.«

Es ist nicht zu übersehen, dass der Knabe verdächtig auf den Kühlschrank zusteuert. Ohne mich aus den babyblauen Augen zu lassen macht er langsam die Tür auf und nimmt eine Cola heraus.

Auch wenn ich von Natur aus nicht mit mütterlichen Instinkten begabt bin, spüre ich, dass etwas faul ist im Staate Dänemark, daher sehe ich im Handbuch nach.

»Du darfst keine Cola haben«, sage ich und gehe die »Du-darfst-nicht«-Liste durch. »Es macht dich hippelig.«

Der Knabe funkelt mich an, also funkle ich zurück. Ich höre, wie seine kleinen Gehirnwindungen rattern.

»Meine Mama sagt, du schneidest dir die Haare mit dem Rasenmäher.«

Was soll ich sagen, der Knabe ist gut.

»Möchtest du einen Eiswürfel?«, frage ich und mache ihm die Dose auf.

Mir scheint, Babysitten ist wie Pokern. Man muss wissen, wann man setzt, wann man blufft und wann man passt. Doch das Wichtigste ist, man muss wissen, dass orale Verhütungsmethoden nur zu 97 Prozent zuverlässig sind.

Sweetie in Babeland

Früher liebte Sweetie die Frauen. Ich konnte ihn in einen Raum voll holder Weiblichkeit sperren und er fühlte sich so wohl wie ein Baby im Spielzeugparadies. Wenn ich heute eine Freundin mit ihm allein lasse, habe ich das Gefühl, ich hätte sie in einem miesen, kakerlakenverseuchten Motel abgesetzt.

»Sweetie«, schreit Rachel und breitet die Arme aus.

Sweetie kommt schlagartig zum Stehen wie ein Pantomime, der gegen eine unsichtbare Wand prallt. Er winkt verlegen und schleicht ins Haus zurück.

»Hab ich was Falsches gesagt?«, fragt Rachel, die Arme noch immer in der Luft.

»Warum hast du nicht die Fußmatte unter ihr weggezogen?«, zische ich und stelle das Kaffeetablett lautstark auf den Küchentresen.

Sweetie grunzt nur hinter seinem ›Wall Street Journal‹.

»Ich versteh das nicht. Auf dem College warst du verrückt nach meinen Freundinnen.«

»Bring uns ’n paar Collegegirls«, meint Sweeties Bruder Rolex, während er den Inhalt des Kühlschranks inspiziert, »und du wirst uns nicht wieder erkennen.«

»Eine Schwangerschaft zehrt an einer Frau«, werfe ich verteidigend ein und beobachte durchs Fenster, wie sich Rachel mit der Gartenskulptur unterhält.

»Und die Mutterschaft saugt den Rest aus ihr raus wie ’n Staubsauger«, ergänzt Rolex und glotzt mir über die Schulter.

»Sag das mal Goldie Hawn«, brummt Sweetie geistesabwesend hinter seiner Zeitung. »Über fünfzig, ’ne Stube voller Kinder und könnte immer noch in ’nem Käfig als Go-go-Girl auftreten.«

»Nicht alle Frauen finden ein Hamsterleben erstrebenswert«, entgegne ich. Draußen puhlt Rachel Sonnenblumenkerne aus den Meisenknödeln und steckt sie sich in die Backen.

»Es ist ein Jammer«, seufzt Sweetie. »Rachel war nie besonders helle, aber sie war ’ne süße Maus.«

»Another one bites the dust«, sagt Rolex, reißt eine Schüssel mit Resten auf und steckt die Nase hinein.

»Wer hätte gedacht, dass sie mal ’ne HMÜ wird«, seufzt Sweetie kopfschüttelnd.

»HMÜ ist wohl der Machocode für …«

»Hypochodrische Mutter mit Übergewicht«, erklärt Rolex und inspiziert ein Glas auf Wasserflecken.

»Ich wette zehn Dollar mit dir, ihre einzigen Themen sind Gesundheit, Kinder und Gewicht«, sagt Sweetie.

»Man kann eine Frau nicht nach dem Äußeren beurteilen«, insistiere ich die Arme vor der Brust verschränkt.

»Mit geschlossenen Augen.« Rolex knallt einen Zehn-Dollar-Schein auf den Tresen.

»Na, Rachel«, fragt Sweetie, während Rolex ihr Kaffee nachgießt, »und was hast du so gemacht?«

»Na ja …«

Zwei Stunden später.

»… und deshalb hab ich nach der Hysterektomie das Pflaster ausprobiert, aber ich hab Ausschlag gekriegt. Keinen normalen Ausschlag. Ihr wisst doch, die meisten Ausschläge sind rot, mit diesen kleinen Pickeln. Mein Ausschlag war wie Windpocken. Ich sah aus, als hätte mich jemand in einen Honignapf getaucht und an einen Bienenstock gebunden.«

Die nachfolgende Pause ist genauso lang, wie Rachel braucht, um sich eine Ecke Brie in den Mund zu stopfen.

»... jetzt benütz ich die Creme, aber ich glaub, sie reagiert mit einem von den andern sechs« – Rachel zählt an den Fingern ab – »sieben Mitteln, die ich nehme. Darum werd ich auch den Babyspeck nicht los.«

Rachel trinkt einen Schluck Kaffee. »Hab ich erzählt, dass mein drittes Kind ’ne Steißgeburt war?«, fragt sie und sieht uns über den Tassenrand an.

»Ja«, sagt Rolex, der die Füße hochgelegt und die Arme hinterm Kopf verschränkt hat. »Aber erzähl’s ruhig nochmal.«

»Ich nehm keine Schecks«, flüstert Sweetie mir ins Ohr, als ich Rachel zum Wagen begleite.

»Is echt ’n Jammer mit Sweetie«, seufzt Rachel und kramt in ihrer Handtasche nach den Autoschlüsseln. »In der Schule war ich völlig verknallt in ihn. Wer hätte gedacht, dass mal ’n BMW aus ihm wird?«

»BMW?«

»Blöder Machowichser.«

Wenn ich so ’ne Frau hätt’

Als sie die alten Schindeln vom Dach gerissen und auf die Rhododendronbüsche geworfen hatten, gingen Rosies Dachdecker erst mal Mittag machen. Und warden nicht mehr gesehen.

»Haben sie Geld von dir bekommen?«, fragt Leila. Wir beobachten die Dachrinne, die an einem einsamen Nagel baumelt und kurz darauf herunterkracht.

Zwei Dinge sollte eine Frau niemals tun, wenn sie will, dass ein Mann was am Haus repariert – ihn bezahlen oder ihn heiraten.

»Es fängt gleich zu regnen an, oder?«, fragt Rosie und blickt zum pechschwarzen Himmel hinauf.

»Vierzig Tage und vierzig Nächte lang«, versichert Maxine.

»Schadet das was?«

Leila, Max und ich sehen uns an. Wenn Rosie ein Küken wäre, säße sie noch immer in der Schale.

»Die Dachpappe wellt sich, die Isolierung verfault und die Heizkosten treiben dich in den Bankrott«, antwortet Maxine. »Dann bricht die Decke ein und das Parkett wirft sich wie die Grand Tetons.«

»Martha Stewart passiert so was nie«, seufzt Rosie und bückt sich, um die niedergetrampelte Trichterlilie mit einem Stück Dachrinne aufzubinden.

In Rosies Vorgarten liegen nicht nur Schindeln herum, sondern auch leere Dosen, Zigarettenkippen und Kesschachteln. Fehlen nur noch die Mobilklos, dann sieht's hier aus wie weiland in Woodstock.

Plötzlich springt Rosie aus der Hocke auf. »Wisst ihr, warum die Handwerker bei Martha Stewart so was nie tun?«

Leila sieht von ihrem Kaffee auf. »Sie würde ihnen die Rumbakugeln abschneiden, in Goldbronze tauchen und an den Weihnachtsbaum hängen?«

»Weil sie sie bekocht!«, erklärt Rosie.

Hinterm Küchenfenster versteckt sehen Leila, Max und ich die Dachdecker aus dem Lieferwagen quellen.

»Trägt der eine da Knasthosen?«, flüstert Leila.

»Der Goldzahn und die Handschellen am Gürtel machen sich gut dazu«, finde ich.

Und mittendrin Rosie an einem Garten-Brunch-Büffet, das Martha Stewart alle Ehre machen würde.

»Ich dachte, vielleicht möchten die Herrn 'ne kleine Stärkung vor der Arbeit«, sagt Rosie und gießt jedem ein Glas frisch gepressten Orangensaft ein.

»Gott sei Dank haben wir ihr die Platzdeckchen ausgeredet«, flüstert Max.

Die Dachdecker sehen sich an und scheinen zu einem stillschweigenden Konsens zu kommen. Unbeholfen nehmen sie Platz und stopfen sich die rosa Stoffservietten in den Kragen.

»Was ist das?«, fragt Tater und deutet auf die Œufs Benedicte.

»Sauce hollandaise«, sagt Rosie, »ich geb gern 'ne Prise Muskat hinein.«

Tater zückt sein Taschenmesser, schabt die Sauce ab und schlenzt sie in den leeren Milchkarton, den er soeben im Garten entsorgt hat.

»Na dann«, sagt Rosie, »bon appétit.«

»Das nenn ich ’ne Lady«, sagt Bo und lehnt sich zur Seite, um Rosie, die ums Haus verschwindet, hinterherzuglotzen. »Was wohl mit ihrem Mann passiert ist?«

Preacher schnüffelt am Mangochutney. »Der is wahrscheinlich verhungert.«

Tater salzt den ganzen Teller und führt vorsichtig einen Bissen zum Mund. Im Kauen reißt er plötzlich den Mund auf und pickt sich etwas von der Zunge.

»Was ’n das?«, fragt er und balanciert das Fundstück auf dem Finger.

Bo beugt sich zu ihm, legt den Kopf schief und studiert das ominöse Objekt. »Sieht aus wie Paprika.«

Schnipps, und die Paprika landet platschend auf der Sauce hollandaise.

»Yes, Sir«, erklärt Bo, verschränkt die Hände hinterm Kopf und legt die Füße auf Rosies Spalier, »wenn ich so ’ne Alte hätt, würd ich mir auch so ’ne Hütte zulegen.«

»Fische werfen keine Köder aus, Junge«, sagt Preacher und schnüffelt am Hazelnut-Coffee.

Plötzlich spuckt Tater etwas quer durch den Garten und schrubbt seine Zunge wie ein Wilder mit der aprilfrisch gebügelten Serviette.

»*Der* Fisch müsste schon mit Hamburger und Fritten kommen, damit ich anbeiße.«

Der Künstler

Bei uns zu Hause galt alles, wo Elvis drauf war, als Kunst. Wenn es schwingende Hüften hatte, ließ Dad es versichern.

»Sind Sie Bildhauerin?«, fragt mein Nebenmann am Erfrischungsbüffet.

»Warum?«, frage ich, meißle ein Stück weiße Schokolade ab und stecke es in den Mund.

»Weil Sie das marmorne Schneidebrett essen.«

Man weiß, dass man nicht in seinem Element ist, wenn man die Servierutensilien verspeist.

Wir sind auf der Vernissage eines Freundes. Die Galerie ist gerammelt voll mit Kunstvolk, das sich, Weingläser und Tellerchen mit Obst und Käse balancierend, eloquent über Kunst unterhält. Ich hab keinen blassen Dunst von Kunst, aber im Tellerbalancieren nehme ich es mit jedem Anwesenden auf.

»Wenn ich arbeite«, sagt mein Nebenmann, hält eine Traube hoch und studiert sie, »esse ich Farbe.«

Er streckt die Zunge heraus, sie ist rotschwarz gefleckt. Anscheinend macht Ölfarbe nicht dick. Ich könnte ihn mit einer Hand hochheben und als Eyelinerpinsel missbrauchen.

»Haben Sie den Brie probiert?«, frage ich vollmundig.

Nach einer schlichtweg faszinierenden Diskussion über den unterschiedlichen Geschmack von Öl und Acryl lasse ich den Pinsler stehen und wandere hinüber zu Sweetie, Charlie und Twinkie, Charlies Verlobter, die vor einer weiblichen Skulptur stehen.

»Es heißt ›Torso of a Woman‹«, liest Sweetie aus dem Katalog vor.

»Wie viel?«, fragt Charlie.

Sweetie hält ihm den Katalog hin und deutet auf den Preis.

»Nö«, sagt Charlie und geht zum nächsten Stück. »Für achthundert Mäuse weniger krieg ich 'n Jahresabo vom ›Playboy‹ – und da haben die Nackedeis Köpfe!«

Es ist tröstlich zu wissen, dass stinkreiche Leute strohdumm sein können.

Charlie mäandert von Werk zu Werk und erstarrt plötzlich vor einem gigantischen Knäuel in sich verdrehter, zerfetzter Stahlseile, das die Form eines kopflosen Läufers hat.

»Es heißt ›Flight of American Industry‹«, liest Sweetie vor.

Wir kneifen die Augen zusammen und studieren das Werk. Ich erkenne die Power des Werks und die hohe handwerkliche Kunst, doch für mich sieht es aus wie eine Vogelscheuche.

»Was meinst du, Twinkie?«, fragt Charlie.

»Was du meinst, Baby«, antwortet Twinkie.

»Ich glaub, das will ich!«, verkündet Charlie. »Macht sich bestimmt spitze im Klo.«

Jedes erlesene Haupt der erlauchten Gesellschaft dreht sich nach uns um.

»Er zeigt auch Filme im Bad«, erklärt Sweetie der sprachlosen Menge. »Er nennt es die ›Urinale‹.«

»Wie viel?«, fragt Charlie und streichelt die Vogelscheuche liebevoll.

Sweetie hält ihm den Katalog hin und deutet auf eine fünfstellige Summe.

»Fast geschenkt für Kunst!«, ruft Charlie, packt Twinkie beim Arm und stürmt auf den Galeristen zu.

Sweetie schlendert genüsslich hinterdrein und singt: »... if he only had a brain.«

Aus irgendeinem Grund zieht mich der Torso magisch an. Ich kann es nicht erklären, aber ich kann nicht mehr wegsehen. Als ich schließlich zum Luftholen an die Oberfläche komme, merke ich, dass ein Mann neben mir steht. Ein *echter* Künstler.

Mit einem tiefen Zug an der Zigarette studiert er die Kurven der Figur. Langsam wird sein Gesicht weich und seine Augen feucht.

»Wirklich gut, nicht wahr?«, sage ich.

»Kunst ist weder gut noch schlecht«, erwidert er. »Sie kann lediglich denjenigen reflektieren, der sie betrachtet.«

Seufzend streckt er die schwieligen Finger aus, um den Stein zu berühren. »Das Beste, was wir erhoffen können, ist, dass etwas, das wir erschaffen, mit ein bisschen Glück vielleicht *einen* Menschen über das erhebt, was er war.«

»Hey!«, brüllt Charlie herüber. »Soll ich die kopflose Maid fürs Gästeklo kaufen?«

»Mag sein, dass sie hin und wieder ’n paar erheben«, entgegne ich, »aber es gibt Leute, die gehören echt runtergespült.«

Po …

»Was denkt sie sich nur?«, murmelt Leila, als Maxine, von Kopf bis Fuß in einem schwarzen Spitzentrikot mit Reißverschluss, aus der Umkleidekabine hüpft.

Cher kann sich das leisten, aber wenn man als stinknormale Frau in ein schwarzes Trikot gestopft wird, sieht man aus wie 'ne verkohlte Bratwurst.

Da die Jungs in der Elektroabteilung am Sportkanal kleben, stürze ich mich mit Leila und Maxine in den Wahnsinns-Sonderschlussverkauf. Wahnsinns-Sonderschlussverkauf ist, wenn eine Frau glaubt, je höher der Preisnachlass, desto schmaler werden ihre Hüften.

In diesem Zustand ist eine Frau zu allem fähig. Ich hab mir mal einen knallroten Donna-Karan-Stringbikini gekauft. Von hinten sah ich damit aus wie eine Pizzareklame.

Maxine, die sich langsam im Rundum-Spiegel dreht, reißt plötzlich die Augen auf und lässt einen markerschütternden Schrei los.

Den Kopf nach hinten verdreht läuft sie im Kreis wie ein Hund, der nach seinem Schwanz schnappt, und bricht zu einem Fleischberg zusammen. Die schwammigen Spitzenbeine von sich gestreckt stiert sie mit glasigem Blick in die Luft.

»Weg! Platz da!«, rufe ich und drängle mich durch die gaffenden, mit Preisschildern behängten Weiber.

Durch diese hohle Gasse stürzt Leila zu Maxine.

»Ist sie 'n Arzt?«, fragt eine Frau, die einen Wonderbra übers T-Shirt gezogen hat.

»Nein«, entgegne ich, »aber sie ist mit einem verheiratet.«

Ehrfurchtsvolles Raunen geht durch die Menge.

Leila kratzt ihre medizinischen Fachkenntnisse zusammen und tätschelt Maxine die Hand. »Max, Max, so sag doch was, Liebes.«

Als Maxine endlich die Lippen bewegt, beugt sich Leila zu ihr hinab und legt das Ohr an ihren Mund. Dann atmet sie tief durch und steht auf. »Akuter Fall von clunis delabor«, erklärt Leila feierlich. »Hängearsch.«

Atemlos vor Schreck weicht die Menge zurück.

»Nichts Ansteckendes, um Guccis Willen!« Leila lockert die geklöppelte Garotte und lehnt Maxine gegen den Spiegel.

»Wie schlimm ist es?«, frage ich, Leila über die Schulter schielend.

»Kritisch«, sagt Leila – der medizinische Fachausdruck für »U-Boote können nicht tiefer sinken«.

Instinktiv kneifen alle Umstehenden zehnmal die Pobacken zusammen.

Es gehört zu den grausamen kleinen Scherzen des Lebens, dass man in der Überzeugung, das Schiff sei flott, fröhlich vor sich hin segelt, und eines Tages blickt man achtern und entdeckt, dass das Heck auf Grund gelaufen ist.

Leila und ich haben Maxine gerade wieder auf die Beine gehievt, da kommt Harold, ihr Mann, und will Geld für 'ne Cola. Er sieht Max im Rundum-Spiegel und dreht durch.

»Aaaaarghh!«, schreit er und hält sich die Hände vor die Augen.

Krieg mag die Hölle sein, aber nichts stellt den Charakter eines Mannes auf eine härtere Probe, als die eigene Frau in einem durchsichtigen Trikot in Neonbeleuchtung zu sehen.

Ich halte ihn an den Schultern fest, Leila steckt seinen Kopf in eine Victoria's-Secret-Tüte und drückt, bis er zu hyperventilieren aufhört.

»Wenn sie wieder bei Kräften ist«, sagt Leila und stellt das Rezept aus, »gehst du mit ihr in die Wäscheabteilung und kaufst ihr einen Hüfthalter.«

Wir schielen auf Maxines ehemals strammen Hintern. Wenn der Hüfthalter nicht das Prädikat »Gabelstapler« trägt, wissen wir, dass alle Müh vergeblich ist.

»Und am Montagmorgen will ich sie im Steppkurs sehen.«

Leila reißt das Blatt vom Block und reicht es Harold.

»W-w-wird er wieder so ... wie früher?«, fragt Harold, dem fast die Stimme versagt.

»Mit unserer liebevollen Unterstützung«, antwortet Leila und tätschelt ihm die eingesunkenen Schultern, »ist er bald wieder auf der Höhe.«

Harold wischt Maxine die Spucke aus dem schlaffen Mundwinkel und führt sie behutsam weg.

»Wie stehen ihre Chancen?«, frage ich, als die beiden zwischen den Accessoires verschwinden.

»Eher wird die Titanic gehoben, als dass der Tanker nochmal an die Oberfläche kommt.«

Diäten

»Isst du das noch?«, fragt Maxine.

Bevor ich antworten kann, schnappt sie sich die Olive von meinem Teller, saugt die Paprikafüllung heraus und wirft die ausgeweideten Überreste auf einen Haufen in ihrem Teller.

»Die hatte ich mir aufgehoben«, sage ich.

»Willst du sie zurück?«, knurrt sie.

Max ist in der Tollwütiger-Hund-Phase des Abnehmens. Ihr Gehirn hat sich zurückgebildet und sie hat Schaum vor dem Mund. Gleich legt sie das Bein auf den Tisch und fängt an daran zu nagen.

»Ich dachte, du machst die Oprah-Diät«, sagt Lizzy mit aufgestütztem Doppelkinn.

»Schnee von gestern«, winkt Maxine ab und schlürft ihre Tomatensauce. Mit spitzer Zunge fischt sie eine Spaghettini-Nudel heraus und schleudert sie zu Boden.

Es gibt keine Diät, nach der Max noch nicht gehungert hätte. Ihr jüngster Kampf gegen die Pfunde ist die Simply-Red-Diät.

»Man darf alles essen, vorausgesetzt, es ist rot«, erklärt sie, wirft eine Handvoll roter M&Ms ein und lutscht die »Schmilzt-im-Mund-nicht-in-der-Hand«-Glasur, als hinge sie am Tropf.

Soweit wir feststellen können, hat sie kein Gramm abgenommen, aber sie wäre bereit den Lack von einem Chrysler zu lutschen.

Plötzlich setzt sich Max kerzengerade auf. »Großer Gott«, japst sie.

Wir folgen ihrem verstohlenen Blick zur Eingangstür des Lokals. Es dauert eine geraume Zeit, bis wir herausgefunden haben, wen wir anstarren. Sieht irgendwie aus wie Mindy, nur in dünn.

»Wo ist der Rest?«, fragt Lizzy, als Mindy sich auf den Stuhl neben mir schlängelt.

»Größe 36«, sagt Mindy und schlägt die cellulitisfreien Beine übereinander.

»Wie?«, will Maxine wissen.

»Weniger essen, mehr Sport«, meint Mindy lapidar.

Max kneift die Augen zusammen und funkelt Mindy an. »Ach was.«

Mindy klaut sich eine Gurkenscheibe aus meinem Salat und wischt die Sauce an der Serviette ab.

»Nur Eiswasser«, sagt sie zu dem jungen Kellner, der mit der Speisekarte anrückt. Mit offenem Mund steht er da und starrt auf Mindys Beine.

Maxine reißt ihm die Speisekarte aus der Hand und haut sie ihm um die Ohren.

»Jerry hat gesagt, wenn ich auf mein Hochzeitsgewicht runterkomme«, erklärt Mindy, »fliegt er mit mir auf die Bermudas.«

Lizzy und ich sehen uns an. Der alte »Gewicht-als-wir-uns-kennen-lernten«-Trick. Alles schon gehabt, alles schon versucht.

»Ein Mann kann kahl bis zum Steißbein sein«, Lizzy schüttelt angewidert den Kopf, »aber sobald eine Frau auch nur ein Gramm Speck ansetzt, behandelt er sie wie ein Stück Fleisch, bei dem das Verfallsdatum abgelaufen ist.«

»Ich weiß genau, dass da Diätpillen drin sind«, murmelt Max und durchwühlt Mindys Handtasche.

»Und wie viel, *glaubt* er, hast du gewogen, als er dich geheiratet hat?«, frage ich schmunzelnd hinter der Sahnehaube meines Cappuccinos.

»Tja«, sagt Mindy mit der angenagten Gurkenscheibe gestikulierend, »das ist das Problem.«

»Soll das heißen, du hast deinen Zukünftigen *angelogen*?«, fragt Lizzy.

»Ich hab nicht gelogen«, sagt Mindy, »ich hab ihm mein korrektes Gewicht genannt, nur in Kilo, statt in Pfund.«

»Jedenfalls siehst du großartig aus«, sage ich. »Kerngesund.«

»Und zehn Jahre jünger«, pflichtet Lizzy bei.

Grabesstille legt sich über den Tisch. Jetzt haben wir den Salat.

»Also«, sagt Lizzy und schiebt ihren Teller weg, »wie wär's mit einem Cheesecake?«

Wir Frauen müssen zusammenhalten. Und nichts hält besser als Cheesecake.

Cracker Jacks

»Falls Harold je auf die Idee kommt, mich zu verlassen«, sagt Maxine, »wird er sich wünschen, er wär nie aus dem Mutterleib gekrochen.«

Nichts hält eine Ehe besser zusammen als die Angst, wieder zu Mama ziehen zu müssen.

Leila, Maxine und ich sitzen bei Rosies Anwalt im Wartezimmer. Nach fast zwanzig Jahren versuchen Rosie und ihr Ex-in-spe zu einer vernünftigen Eigentumsregelung zu kommen. Die letzte halbe Stunde verbrachten sie damit, sich wegen des Handmixers gegenseitig die Augen auszukratzen.

Bei $150 pro Stunde und Anwalt haben Rosie und ihr Mann anscheinend eine Vorliebe für Schaumschläger.

»Kaffee?«, fragt der Empfangssekretär und stellt ein Tablett auf den Tisch vor uns.

Ich persönlich beurteile einen Anwalt nach seinem Kaffee. Wenn er Instant-Kaffee anbietet, hat Ivana Trump ihn wohl nicht in ihrem Rolodex.

»Wow«, sage ich und schnuppere an der Kanne, »riecht nach ...«

»Kona«, antwortet der Sekretär hochnäsig und gießt uns ein. »Mr Mitchell lässt ihn jede Woche aus Kauai einfliegen.«

Wetten, Rosies Mann nuckelt am Strohhalm und singt im Falsett, wenn Mr Mitchell mit ihm fertig ist?

»Wie lang dauern solche Eigentumsregelungen normalerweise?«, fragt Leila beim Umrühren.

»Ach, das kann Jahre dauern«, antwortet der Sekretär und rückt die gelbe Krawatte in der spiegelnden Kaffeekanne zurecht.

»Ich hab Gott sei Dank 'n Killervertrag«, sagt Max. »Falls Harold je auf die Idee kommt, sich scheiden zu lassen, krieg ich das Gold in seinen Zähnen.«

Der Sekretär stellt die Kanne auf die Warmhalteplatte, setzt sich an den Computer und hackt los wie Perry Masons Sekretärin kurz vor fünf.

»Hat Rosie abgenommen?«, fragt Max irritiert.

Leila und ich folgen ihrem Blick durch das Fenster zum Besprechungszimmer.

»Ist das 'n neues Kostüm?«, frage ich.

»Ist das 'ne neue Frisur?«, fragt Leila und kneift die Augen zusammen.

»Die Frisur war meine Idee«, zirpt der Sekretär ohne die Hackerei zu unterbrechen. »Damit sieht sie zehn Jahre jünger aus, finden Sie nicht?«

Zu dritt drücken wir die Nasen an die Scheibe. Alles in allem sah Rosie seit ihrer Hochzeit nicht mehr so knackig aus. Männer sind wie Immobilien. Sie sehen nie mehr so gut aus, wie kurz bevor sie auf den Markt kommen.

»Ich würd Rosies Alten auch nicht aus dem Chefzimmer werfen«, brummt Max und reißt mit den Zähnen eine Schachtel Cracker Jacks auf.

»Er hat schon immer gut ausgesehen«, seufzt Leila. »'n Dreckskerl, aber attraktiv.«

»*Das* war der erste Fehler«, meint Max. »'n Kadett klaut dir keiner. Meinen Harold würde keine Frau geschenkt nehmen.«

Der Sekretär blickt vom Bildschirm auf und mustert Max, die sich die Cracker-Schachtel über den Mund hält und gegen den Boden klopft. Die Backen zum Platzen voll sieht sie aus wie ein Hamster, der Honig-Pops für den Winter sammelt.

»Old Harold wird mich erst wieder los«, schmatzt Max, »wenn der Tod uns scheidet.«

Plötzlich werden ihre Augen so groß wie Suppentassen und sie gibt Laute von sich wie eine Katze, die versucht ein Haarknäuel hochzuhusten. Als sie blau anläuft, schießt der Sekretär hinter seinem Schreibtisch hervor, fasst sie von hinten um die Taille – was nicht einfach ist – und verpasst ihr einen Heimlich. Beim dritten Versuch spuckt Max das Cracker-Jack-Gimmick in hohem Bogen in die Anwaltsbibliothek.

»Alles in Ordnung?«, japsen Leila und ich wie aus einem Mund.

»Nein«, schimpft Max und schiebt uns weg. »Wegen euch wär ich fast erstickt.«

»Wow!«, lobt Leila den Sekretär, während Max noch immer schimpfend aus dem Raum wankt, um sich ihr Gimmick zu holen. »Sie haben Maxine das Leben gerettet!«

»Ja«, meint der. »Aber das erzählen wir Harold besser nicht.«

Faute de mieux

Sweetie meint, wenn die Dinosaurier wegen mangelnder Flexibilität ausgestorben sind, pumpen wir demnächst Öl, das aus Frauen um die vierzig gemacht ist.

»Wir haben Coke, Diet Coke, Dr. Pepper, Orangina, Sprite, Tee – heiß oder kalt –, Orangensaft, Apfelsaft, Milch, Wein, Bier, Kaffee und Gemüsesaft«, ruft Sweetie aus dem Kühlschrank.

»Kein Snapple?«, fragt Samantha entrüstet.

»Hab ich Snapple gesagt?«

»Bist du sicher?«, fragt sie und steckt den Kopf zu ihm in den Kühlschrank.

Sweetie dreht sich zu mir um und wirft mir einen wütenden Blick zu.

Sam und ich sind ehemalige Kolleginnen. Einmal im Jahr kommt sie auf einer Geschäftsreise in die Stadt und schaut bei uns vorbei. Sweetie nennt es seine jährliche Prostatauntersuchung.

»Dann trink ich eben Wasser«, sagt Sam, nachdem sie die Reste im Kühlschrank umsortiert hat.

Sweetie wirft Eiswürfel in ein Glas, hält es unter den Wasserhahn und drückt es ihr in die Hand.

»Habt ihr kein Mineralwasser?« Misstrauisch beäugt sie das Glas, als würde es vor Giftstoffen fluoreszieren.

Nach Sweeties Gesichtsausdruck zu schließen kann sie sich den nächsten Drink selbst holen – Treppe rauf, erste Tür rechts, Deckel auf.

»Faute de mieux«, seufzt Sam und nippt an ihrem Wasser.

»Fort mit was?«, knurrt Sweetie.

»Faute de mieux«, sagt sie. »In Ermangelung eines Besseren.«

Darauf zündet sich Sweetie eine Zigarette an und macht sie – aus Angst, dass Sam explodiert und die Möbel versaut – unverzüglich wieder aus.

Sam hebt den Deckel von einem dampfenden Kochtopf. »Was ist das?«

»Erbsen«, antworte ich beim Salatmischen.

»Ich dachte, es gibt Huhn«, sagt sie irritiert. »Ich esse immer Kartoffeln zum Huhn!«

Sam ist Buchhalterin. Deshalb glaubte ich, Erbsen seien ihr Standardgericht.

»Und«, sagt sie mit einem Blick auf die Uhr, »ich esse immer um sechs.«

Ich werfe eine Idaho in die Mikrowelle, lege Cracker mit Käsewürfeln auf eine Platte und schiebe ihr die Platte hin. Um exakt 17 Uhr 59 nimmt sie sich einen.

»Und, was macht der Job?«, frage ich und überlege, ob ich das gute Service nehmen soll oder den Ramsch.

»Faute de mieux«, meint sie achselzuckend und zentriert den Käsewürfel exakt auf dem Cracker. »Für deinen Job haben wir ’ne Teilzeitkraft eingestellt.«

Das gute Geschirr bleibt im Schrank.

»Fragst du dich nie, warum *du* immer kochst?«, fragt Samantha, den Cracker in Startposition.

Die Sache ist ziemlich klar. Würde Sweetie kochen, würden wir verhungern. Es gibt Wachhunde und Jagdhunde. Sweetie ist wie ein Häkeldeckchen. Vorwiegend Zierde.

Der Wecker an ihrer Armbanduhr piepst und Sam beißt in den Cracker.

»Charles und ich haben uns beim Kochen immer abgewechselt.« Sie kaut nostalgisch. »Ich hab Montag, Mittwoch und Freitag gekocht, er Dienstag, Donnerstag und Samstag.«

»Und Sonntag?«, fragt Sweetie.

»Sind wir essen gegangen.«

»Und Charles?«

»Hat sich verdünnisiert.«

Bei der Vorstellung blickt Sweetie sehnsüchtig zur Tür.

»Ich hab's aufgegeben mit den Männern«, sagt Sam. »Die Bilanz ist negativ.«

»Sam«, sage ich sanft, »hast du schon mal daran gedacht, ein bisschen ... flexibler zu sein?«

»Flexibler?«

»Männer mögen's flexibel«, sage ich und schaue Sweetie Beistand heischend an.

»Wenn ein Mann sich weigert Kompromisse zu schließen, hat er Charakter«, giftet Sam, »aber wenn sich eine Frau weigert sich den Arsch zu verrenken, ist sie zickig.«

Die Vorstellung, dass sich eine Frau den Arsch verrenkt, bringt Sweetie ins Meditieren.

»Ich bin schließlich keine Gummipuppe!«, verkündet Sam, legt sorgfältig die Serviette zusammen und wirft sie auf den Tisch. »Wenn mich ein Mann anbaggert, gibt es nur einen Grund.«

»Faute de mieux«, murmelt Sweetie.

Jabber Talkie

Manche Frauen sind wie Rennpferde – wenn die Klappe aufgeht, sind sie nicht mehr zu bremsen.

»... das war das Jahr, in dem Fred mit der Truthahnjagd anfing. War das 78 oder 79, Fred? Es muss 78 gewesen sein, weil wir damals in Washington D. C. wohnten und ich zu Fred gesagt habe: ›Fred, gibt es Truthähne in D. C.?‹«

Sweetie und ich haben »Überraschungsbesuch« von Freunden. June und Fred müssen sich mehr oder weniger anschleichen. Wenn wir sie nämlich kommen sehen, verstecken wir uns unter Berufung auf das Gesetz zum Schutze der Freundschaft.

»... und das war das Jahr, in dem Fred mit der Hirschjagd anfing. War das 81 oder 82, Fred? Es muss 82 gewesen sein, weil ich mit Jo-Jo schwanger war und Wasser gestaut hab wie der Hoover-Damm.«

Männern verstehen so was nicht. Wenn man eine Frau mit zwei Pelzratten und einem Neun-Pfund-Fötus einsperrt, der auf ihrer Blase Liegestützen macht, ist es nur normal, dass sie mit dem Windeleimer Konversation treibt. Sweetie nennt das orale Inkontinenz.

Ich gebe allerdings zu, June quasselte schon vor den Kindern wie ein Wasserfall. Ich war bei ihrer Hochzeit, der Priester kam kaum zu Wort.

»Wie trinkst du deinen Kaffee, Fred?«, frage ich und gieße ihm ein.

»Ohne Milch und Zucker, aber ’n halbes Päckchen Süßstoff«, sagt June.

Niemand weiß genau, ob Fred des Sprechens überhaupt mächtig ist. Sweetie vertritt die Theorie, er habe einmal Stimmbänder besessen, aber sie seien eingegangen.

Nach zwei Stunden mit June spürt man, wie die Ohren schlappmachen. Sweetie, Fred und ich sitzen mit glasigen Augen und leicht benommen von den Plappersalven da und schauen zu, wie sich ihr Mund bewegt.

June merkt es nicht. Sie plappert ungeniert weiter, und ihre Lippen flattern, als wollten sie jeden Moment vom Gesicht abheben.

»... Fred war Vegetarier, bevor wir geheiratet haben. Konnte keiner Fliege was zuleide tun. Heute würd er wahrscheinlich sogar mich abknallen, wenn ihm jemand ’n Jagdschein gäbe.«

Nach der eisigen Miene zu urteilen, wäre Sweetie bereit, den Zorn des Wildhüters in Kauf zu nehmen.

»... wenn ich’s nicht besser wüsste, würd ich glauben, Fred sucht Ausreden, nicht zu Hause zu sein«, lacht June und rammt Fred den Ellbogen in die Rippen.

Fred hält krampfhaft die Kaffeetasse fest.

»Fred«, sagt June und dreht sich zu ihrem Mann, »*ich hab gesagt* ... wenn ich’s nicht besser wüsste, würd ich glauben, du suchst Ausreden, nicht zu Hause zu sein.«

Fred starrt geradeaus wie ein Reh, das vom Scheinwerferlicht geblendet wird.

»Fred?«, sagt June ungehalten.

Fred legt den Kopf zur Seite, schließt die Augen, spitzt die Lippen und gibt der Luft einen Kuss. Als er auch noch die Zunge zu Hilfe nimmt, rastet June aus.

»Fred!«, schreit sie. »Was in aller Welt treibst du?«

»Hast du was gesagt, Liebling?«, fragt Fred und blinzelt unschuldig.

»Nie hörst du mir zu«, heult June.

»Natürlich hör ich dir zu!«, sagt Fred und kneift sie aufmunternd. »Ich war in Gedanken bei der Jagd.«

Famous Amos

Lizzy hatte nie viel Glück mit Männern. Genauer gesagt, der Einzige, der sie nicht sitzen ließ, war Famous Amos.

»Gutes Gebäck ist wie ein Federkissen«, sagt Lizzy und hält ein Croissant ins Licht. »Man möchte das Gesicht darin vergraben.«

Lizzy schrieb früher wie ein Pirat – leidenschaftlich, kühn, respektlos. Sie nahm keine Gefangenen.

Sie war auf dem besten Weg, den Pulitzerpreis zu gewinnen, als sie sich in ihren Lektor verliebte. Und als er alles herauslektoriert hatte, was irgendjemanden vor den Kopf stoßen könnte, war Lizzys Werk auf Fragezeichen, ein paar Kommas und das Wort »sehnsüchtig« reduziert.

»Als Vorspeise nehme ich den gemischten Blattsalat mit Gorgonzola-Dressing«, sagt Lizzy und streicht die Serviette im Schoß glatt.

»Sie meinen Himbeervinaigrette«, korrigiert der Ober, während er die Bestellung notiert.

Lizzy verengt die Augen zu einem Schlitz und wirft dem Ober einen wütenden Blick zu.

»Ober sind wie Hummer«, sagt sie trocken. »Nicht an den Tisch bringen, solange sie noch einen Pieps von sich geben.«

Als ihr Lektor sie wegen der Horoskop-Kolumnistin sitzen

ließ, fand man Lizzy in der Dunkelkammer, wo sie anatomisch korrekte Puppen aus Zeitungspapier kastrierte.

»Sind Ihre Steaks aus dem Regenwald?«, fragt Lizzy, während sie die Speisekarte studiert.

Unser Ober sieht von seinem Notizblock auf.

»Was daran zu erkennen wäre, dass siiiiie ... Regenmäntelchen tragen?«

Lizzy fand Trost bei den Milchprodukten. Sie entwickelte eine fatale Leidenschaft für Ben and Jerry und nahm 25 Kilo zu. Das Positive ist, ihre Kochkolumne ist beliebter als Knorr Soßenfix.

»Ich bin noch nicht fertig«, sagt sie, als der Ober ihren Salatteller mitnehmen will.

»Glaub mir, Schätzchen«, entgegnet er, »es ist vorbei.«

»Finger weg«, faucht Lizzy, »oder ich mach Hühnerfrikassee aus dir.«

Als sie endlich ungehindert schreiben konnte, blühte Lizzy auf wie ein Zwiebellaib. Jetzt ist sie so berühmt, dass sie sich mit Oprah duzt.

»Ober!«, brüllt Lizzy.

Sie winkt mit dem Arm. Ihre schlaffe Haut flattert wie eine Fahne und bläst fast die Kerzen aus.

Der Ober lässt sich genüsslich Zeit und schlendert schließlich zu unserem Tisch herüber. »Sie haben gebrüllt?«

»Fassen Sie mal die Butter an!«, fordert Lizzy.

Wütend sieht der Ober sie an und steckt den Finger in die Butterschale.

»Was spüren Sie?«, fragt sie.

»Ihr Gehirnschmalz auf MSG?«

»Kälte!«, sagt sie. »Butter wird bei Zimmertemperatur serviert.«

Lizzy stützt das Kinn auf die ineinander verschlungenen Wurstfinger und denkt nach. »Butter sollte sich auf dem flockigen Inneren eines dampfenden Brötchens verteilen wie Schlagsahne, die auf der warmen Brust eines Mannes schmilzt.« Sie macht eine Pause, um einen Schluck Wasser zu trinken. »Sie sollte ein glitzerndes Bächlein formen, das das Tal seiner Rippen hinabfließt und in der Mulde seines Waschbrettbauchs einen warmen, sahnigen See bildet.«

Man könnte ein gedämpftes Reiskorn auf den Teppich fallen hören, so still ist unser Ober. »Totaler Bockmist«, sagt er schließlich.

Er knüllt sein Geschirrtuch zusammen, schleudert es zu Boden und stürmt davon.

»Der Typ ist wirklich 'n miserabler Ober«, sage ich und wickle meine Spaghettini um die Gabel.

»Du hättest ihn als Lektor erleben sollen.«

Kontakte

Man weiß, dass man eine Weile aus dem Rennen war, wenn man GWM für ein deutsches Auto hält.

»Okay, wie wär's damit?«, sagt Maxine und breitet die Zeitung auf Rosies Küchentisch aus. »GWM sucht WSF...«

»Geschiedener weißer Mann sucht weiße Single-Frau«, übersetzt Leila unter Zuhilfenahme des Abkürzungsverzeichnisses am oberen Rand der Seite mit den Kontaktanzeigen.

Maxine liest vor: »... die Musik, Kino liebt und sich auf unbegrenzte Zeit binden möchte.«

»Eigentlich«, sagt Rosie und taucht ihren Teebeutel in die Tasse, »will ich lieber keinen Geschiedenen. Die sind oft so verbittert.« Und das aus dem Mund einer Frau, deren zukünftiger Exehemann derzeit in einem leeren Kühlschrankkarton nächtigt und sich von Katzenfutter ernährt.

Nach zweiundzwanzig Ehejahren spielt Rosie wieder mit. Wir sind ziemlich sicher, dass Cinderellas blaues Vögelchen demnächst gerupft wird.

»Ich kenn mich nicht aus mit Männerbekanntschaften per Kontaktanzeige«, sagt Rosie.

Leila nickt. »Und wenn er 'n sexbesessener Neandertaler ist, der dich nur tagelang durchrammeln will?«

Wir knuddeln unsere Tassen und überlegen.

»Lass mich mal sehen.« Leila reißt Maxine die Zeitung aus der Hand.

»Louise hat ihren Mann über 'ne Kontaktanzeige kennen gelernt«, sagt Maxine und schaufelt sich Zucker in den Tee.

»Echt?«, fragt Rosie hochinteressiert.

»Ja.« Maxine feixt. »Alle beide.«

»Der da sagt, er hat keine Lust mehr auf verkopfte Spielchen«, liest Leila vor.

»So 'n Schlaffi«, meint Maxine verächtlich. »Mein Harold hat nur noch drei Gehirnzellen und spielt immer noch.«

»Wenn man diesen Anzeigen glaubt«, sagt Leila, »robbt die ideale Frau gern durch die Wildnis, kann von Baseball nicht genug kriegen und taugt als Blinker.«

Zu dritt mustern wir Rosie.

Ene mene mu ...

»Und was ist mit dem idealen Mann?«, frage ich und versuche Leila über die Schulter zu linsen.

»Er ist vorwiegend warmblütig und wohnt nicht auf dem Rücksitz seines Autos.«

Rosies Eieruhr klingelt, und sie steht auf, um Weichspüler in den Spülgang zu geben. Sobald sie außer Reichweite ist, stecken wir die Köpfe über einem Teller mit zu Tieren geschnitzter Rohkost zusammen. Eine Art Gemüsemenagerie.

»Es wird höchste Zeit, dass Rosie aus dem Haus kommt«, flüstere ich und fische ein Zucchini-Zebra heraus.

Zeigen sie mir eine Frau, die Smileys in Radieschen ritzt, und ich zeigen Ihnen eine, die zu viel Zeit mit ihrem Zestenreißer verbringt.

»Uns muss doch einer einfallen, der sie ausführt«, flüstert Leila.

»In der Synagoge gibt's angeblich 'ne geile Singlegruppe«, sagt Maxine und beißt in eine Möhrenmaus.

»Sie ist Presbyterianerin«, flüstert Leila.

»He!«, protestiert Maxine. »Wo steht geschrieben, ›Du sollst nicht die Religion wechseln, um Männer kennen zu lernen‹?«

Rosie stellt den Wäschekorb neben uns auf den Boden, jede von uns schnappt sich ein Handtuch.

»Wisst ihr«, sagt sie und legt den Waschlappen zusammen, den Maxine soeben zusammengelegt hat, »anbandeln ist auch nicht mehr das, was es mal war.«

»Jaah«, seufzt Maxine nostalgisch. »Damals, zu meiner Zeit, haben wir Männer noch auf traditionelle Weise kennen gelernt. In Cocktailbars.«

Das waren noch Zeiten. So mancher Bund fürs Leben wurde am All-you-can-eat-Selbstbedienungs-Nacho-Büffet geschlossen.

Rosies Kreuzzug

Rosie sagt, Maschinen sind wie Männer. Wie sehr man sie auch hätschelt, die Leistung lässt immer zu wünschen übrig. Meistens macht man es besser von Hand.

Es ist Samstagabend, meine Freundinnen und ich sind auf dem Heimweg von einem Einkaufsbummel in Atlanta. Rosies Mercedes ist bis zum letzten Zentimeter voll gepackt. Im Einkaufszentrum entwickelt Maxine ungeahnte Fähigkeiten. Sie hinterlässt Verwüstungen, gegen die sich General Shermans Marsch auf Atlanta wie die allabendliche Spritztour zu 7-Eleven ausnimmt.

»Alles okay da hinten?«, ruft Rosie in den Rückspiegel.

Von der Rückbank ertönt ein gedämpfter Laut und eine der Saks-Fifth-Avenue-Tüten raschelt. Woraus wir schließen, dass Maxine und Leila noch nicht unter ihrer Beute erstickt sind.

Wir stehen an einer Ampel in der Peachtree Avenue. Ich bin die Erste, die es riecht.

»Hat eine von euch da hinten 'ne Flasche fallen lassen?« Es riecht stark nach geschmolzenem Metall, aber bei den heutigen Parfüms weiß man ja nie.

Die Saks-Fifth-Avenue-Tüte schüttelt die Henkel.

»Ich glaub, mit dem Wagen stimmt was nicht«, sage ich und kurble das Fenster herunter.

Der Motor fängt zu klopfen an wie Woody Woodpecker. Wir schaffen es gerade noch an den Straßenrand, bevor der Mercedes den Geist aufgibt.

»Wann war der letzte Ölwechsel?«, fragt Big Ed, der Kfz-Mechaniker, während wir auf den Motor glotzen.

»Ölwechsel?«, fragt Rosie verständnislos. »Wie bei 'ner Fritteuse, meinen Sie?«

Rosie hatte nie viel Glück mit mechanischen Dingen. Sie war das einzige Kind, dessen Sprechpuppe stotterte.

Und seit ihr Mann sie verlassen hat, fällt alles auseinander. Langsam aber sicher stirbt ein Gerät nach dem anderen einen langsamen, qualvollen Tod.

Big Ed hält den Messstab ins Licht, er glitzert wie kosmischer Staub. Die anderen Mechaniker in der Werkstatt wischen sich die Hände an einem Lappen ab und wenden den Blick kurz von Leilas Beinen, um den Ölstand abzulesen.

»Heiße Sache«, sagt Bill und Bobby pfeift, als sei Cindy Crawford mit nichts als einem Teddy und einem Lächeln am Leib durch die Werkstatt gelaufen.

»Ich fürchte, Madam, das sieht nicht gut aus«, sagt Big Ed und verreibt die Ölschmiere zwischen den Fingern.

Rosie sieht mich an. »Was bedeutet das?«

»Ich glaub, es bedeutet, dass du den Motor geliefert hast.«

Sie sieht Maxine an. »Und was bedeutet *das*?«

»Sorry, Miss Scarlett, ich nix wissen über Motor kaputt«, antwortet Maxine.

»Es bedeutet, das wird teuer«, sagt Leila und macht sich eine Cola auf.

Rosies Augen werden langsam zu schmalen Schlitzen. Hätte sie 'ne Temperaturanzeige, wär die Nadel eindeutig im roten Bereich.

»Das ist alles *seine* Schuld!«, schimpft sie. »Ums Auto hat er sich immer gekümmert.«

In Rosies Welt bedeutet der Verlust eines Ehemanns, dass der lebenslange Wartungsvertrag für sämtliche Geräte gekündigt ist.

»Geben Sie mir das Ding!«, faucht sie und reißt Big Ed den Messstab aus der Hand.

Sie hält den Stab in die Höhe, das Öl läuft ihr den Arm hinunter. »Gott ist mein Zeuge, ich werde mich *nie wieder* von einem Mann abhängig machen«, verkündet sie. »Wer zeigt mir, wo man das Ding reinsteckt?«

Die Männer weichen einen Riesenschritt zurück.

Treue

»Wenn man von einem anderen Mann träumt«, sagt Gloria, »heißt das, dass man untreu ist?«

Leila trinkt einen Schluck Kaffee und überlegt.

»Wirst du abgehört?«

Gloria war nie die Hellste, aber seit ihr Mann für ein politisches Amt kandidiert, macht sie uns wirklich Angst.

Kat, Leila und ich sitzen um Glorias Esstisch und helfen ihr beim Eintüten und Briefmarkenlecken für den Wahlkampf ihres Mannes. Wie ich Kat kenne, hat sie mit Politik nichts am Hut. Aber sie leckt gerne Klebstoff.

»Ich hab echt 'n schlechtes Gewissen«, seufzt Gloria und stellt eine Schachtel mit Flugblättern auf den Tisch.

»Ich an deiner Stelle würde mir nichts denken«, meint Kat und fährt mit der Zunge über einen Umschlag. »Fürs Träumen kann man dich nicht verhaften.«

»Was wäre es für eine Welt, wenn man nicht von Sex träumen dürfte?«, sinniert Leila und klebt einen Adressaufkleber auf ihren Umschlag.

»Daniel sagt, ich darf das Wort Sex bis zur Wahl nicht mehr in den Mund nehmen«, entgegnet Gloria, »und wenn er gewählt wird, darf ich es überhaupt nicht mehr benützen.«

Wenn man für ein Amt kandidiert, ist das lose Maul der eigenen Frau der schlimmste Gegenspieler.

»Wenn du von einem anderen Mann träumen würdest«, fragt mich Gloria, während sie ein Flugblatt faltet, »würdest du es Sweetie erzählen?«

»Absolut«, sage ich ohne zu zögern.

Nichts macht Sweetie glücklicher als eine nette Gutenachtgeschichte.

»Vielleicht sollte ich es Daniel erzählen«, überlegt Gloria und steckt das Flugblatt in einen Umschlag.

»Absolut nicht!«, schallt es wie aus einem Mund.

Fragen Sie sich selbst: Will ein Mann, der für die Straßenwacht kandidiert, wirklich wissen, dass seine Frau im Traum das Verdeck herunterlässt? Die arme Gloria liefe Gefahr, als integraler Bestandteil der Überholspur auf der I-24 zu enden.

Gloria massiert sich die Schläfen. »Diese Wahl macht mich völlig verrückt.«

Sweetie und ich könnten nie und nimmer für ein Amt kandidieren. Wir haben es am Gemüsestand schlimmer getrieben als die meisten Politiker hinter den verschlossenen Türen des Oval Office.

»Wir haben keine Kontrolle darüber, von wem wir träumen«, sagt Leila und zupft einen Adressaufkleber ab. »Glaubt mir, ich hab's versucht.«

»Ich schon«, sagt Kat und leckt den Klebstoff von einem Umschlag wie ein Kätzchen die Milch. »Wenn ich im Bett Pommes esse, träume ich immer von Ronald McDonald.«

»Katie, Schätzchen«, Leila nimmt ihr die Umschläge weg, »ich glaube, es ist besser, du faltest 'ne Weile.«

»Wie oft hast du diesen Traum?« Ich klatsche eine Briefmarke auf einen Umschlag.

»Jede Nacht«, sagt Gloria.

Jetzt werden wir wach.

»Manchmal«, flüstert sie und beugt sich vor, »sogar zweimal!«

»Hui!« Leila fächelt sich mit einem Flugblatt zu.

»Und wer ist dein Traumprinz?«, frage ich.

Wie einem Bratenthermometer schießt Gloria die Röte ins Gesicht.

»Ach ... niemand«, murmelt sie und schiebt verlegen die Umschläge hin und her wie ein Black Jack Dealer in Las Vegas.

Leila und ich glotzen uns an. Kat glotzt auch, aber in keine bestimmte Richtung.

»Wenn du kooperierst«, sagt Leila, »garantieren wir volle Immunität.«

Gloria kaut auf den Lippen.

»Also gut!«, stößt sie hervor. »Es ist Al Gore.«

»Ach, von dem träum ich ständig«, winkt Kat ab.

»Ich auch«, gesteht Leila achselzuckend.

Sechs Augenpaare sehen mich an.

»Das stellt die globale Klimaerwärmung in ein völlig neues Licht«, sage ich.

Der Chihuahua

Die Sache, dass Samsons Kraft aus seinen Haaren kam, hab ich nie so recht begriffen, bis meine männlichen Bekannten die ihren verloren.

Mit zusammengebissenen Zähnen verkrallt sich der Mann am Nebentisch plötzlich in seine Kopfhaut und zieht, so fest er kann. »Aaaaa.«

Ich stecke meine Nase prinzipiell nicht in fremder Leute Angelegenheiten. Aber wenn der Typ an einer Lebensmittelvergiftung stirbt, sollte ich den marinierten Lachs vielleicht wieder abbestellen.

»Ich dehne meine Kopfhaut«, erklärt er und fettet sich den Kopf mit einer Creme gegen Schwangerschaftsstreifen ein.

Das mit dem Dehnen kennt jede Frau auf dieser Welt. Schließlich sind wir das Geschlecht, das die Kunst, einen Fuß Größe 39 in einen Schuh Größe 37 zu zwängen, perfektioniert hat. Doch nur ein Mann bringt es fertig, die Sache auf die Haarspitze zu treiben.

»Warum?«, frage ich und trinke einen Schluck Kaffee.

»Warum?!«, stöhnt er. »Weil man als Glatzkopf keine Chance bei Frauen hat.«

Ich persönlich stehe mehr auf Brusthaare. Für mich sind Männer wie Weine. Auf den Körper kommt es an.

»Sie wissen ja nicht, was es bedeutet, kahl zu sein«, sagt er bitter. »Ich bin intelligent, belesen, charmant, aber die Frauen interessieren sich keinen Pfifferling für mich.«

An der wabbeligen Kopfhaut, die ihm wie eine Pilzkappe um den Schädel schlabbert, kann's nicht liegen.

»Und darum«, sagt er und wirft die Serviette in den Schoß, »lasse ich mir ein Transplantat einsetzen.«

Es ist hochinteressant, dass Männer keine Probleme damit haben, Haare von einem Körperteil zum anderen zu transplantieren, aber einen Anfall kriegen, wenn sie eine Couch von hier nach da rücken sollen.

»Zuerst wird die lockere, haarlose Haut operativ entfernt ...«, erklärt er und reibt sein Steakmesser an der Serviette blank.

Ich finde, dafür ist er ein bisschen alt, aber ich will dem armen Kerl zu seiner Glatzköpfigkeit nicht auch noch einen Alterskomplex versetzen.

»... dann wird das Haar vom Hinterkopf nach vorne gezogen.«

»Auaaa! Das muss doch wehtun«, sage ich und krümme mich bei der Vorstellung.

»50 000«, nickt er.

»Bezahlt das die Versicherung?«

»Sie machen wohl Witze?«, schnaubt er. »Die bezahlen das Viagra, wenn man 'ne Frau gefunden hat, aber sie rühren keinen Finger, damit man eine kriegt.«

Scheißgesundheitsreform.

»Müssen Sie Ihr Häuschen verkaufen, um die Operation zu bezahlen?«

»Das nicht ...«

»Junge«, sage ich und tätschle seine Hand. »Ein Mann, der 50 Mille für 'ne Haartransplantation übrig hat und keine Frau findet, hat noch nicht alle Joker ausgespielt.«

»Und«, fragt er und beugt sich vor, »gehen Sie mit jemandem?«

Nach zwanzig gemeinsamen Jahren sind Sweetie und ich in die »Sessel-Phase« eingetreten. Wir sind seit den 80er Jahren nicht mehr miteinander gegangen, aber irgendwie gelingt es uns immer noch, auch im Sitzen zusammenzufinden.

»Moment«, sage ich und greife in meinen Rucksack. »Ich hab 'ne Freundin, der würden Sie gefallen.«

Ich ziehe mein Adressbuch mit Single-Freundinnen heraus und blättere mich durch die »Hauptsache-er-atmet-noch«- zur »Haare-keine-Bedingung«-Rubrik vor.

»Sie is 'ne Wucht«, beteuere ich und schreibe ihm Rosies Namen und Telefonnummer auf eine Serviette. »Intelligent, belesen, charmant ...«

Glatzköpfchen sieht sich die Serviette an. »Sie ist fett, stimmt's?«

»Fett ist nicht das richtige Wort.«

Er verschränkt die Arme und schiebt das Kinn nach vorn. »Ich hab zwar 'ne Glatze«, erwidert er beleidigt, »aber das hab ich nun doch nicht nötig!«

Ich nehme ihm die Serviette weg. Rosie hätte zwar manchmal einen nötig, aber dieser Typ bleibt auch mit Transplantat ein kleiner haarloser Chihuahua.

Alle meine Entchen

Es gab eine Zeit, da war Mindy 'ne Sexbombe. Sie hatte mehr Verehrer am Rockzipfel hängen als Schneewittchen. Dann begegnete sie dem Prinzen, brütete zwei Junge aus und wurde zur Ente. Jetzt quakt sie den ganzen Tag sinnloses Zeug und hat einen dicken, weißen Bürzel, der beim Watscheln wabbelt.

»Wo ist deine Mom?«, frage ich.

»Bei Daddy«, sagt Kid ohne von seinem Game Boy aufzublicken.

»Und wo ist dein Dad?«

»Im Kinderzimmer.«

»Du hast einen blauen Mund.«

»Hab ich nicht!«, sagt Kid und rubbelt sich die Lippen mit dem Ärmel.

Klassischer Fall von Himbeerlutscher-Verleugnung.

Plötzlich wird unsere intellektuell anregende Unterhaltung von einem Knacken und Knistern unterbrochen, das vom Küchentresen kommt.

»Was ist das?«

Der Knabe verdreht die Augen ob meiner Ignoranz. »Babyfon«, sagt er verächtlich.

Sich neun Monate lang das Hirn auszukotzen und die Haut zu einem Astrodome dehnen zu lassen scheint ein kleiner Preis für diesen Wonneproppen.

»Bittu du mein kleiner Goldschatz?«, hallt Mindys Stimme plötzlich durchs Babyfon.

Ich sehe Mindy und Jerry vor mir, wie sie, in einen himmlischen Strahlenkranz getaucht, an der Wiege stehen und ehrfurchtsvoll das kleine Wunder bestaunen, das sie gemeinsam geschaffen haben – den Keks.

»Wartu du ein braver Junge?«, sagt Mindy in Babysprache.

Plötzlich ertönt ein Rascheln im Laufstall neben dem Küchentisch. Unter einem Haufen Babydecken taucht in feinste OshKoshs gekleidet der Keks auf. Er zieht seinen Keksteigkörper in stehende Position, hält sich mit einer Hand am gepolsterten Gitter fest und stopft sich die andere Faust in den Mund. Mit Augen groß wie VW-Scheinwerfer schaut er das Babyfon an.

Kein Zweifel, wenn der Keks größer ist, muss er wegen seines ödipalen Verhältnisses zu Babyboxen jahrelang in Therapie.

»Ich glaub, du warst ein ganz ... gaaaanz ... bööööser Junge«, grollt Mindy.

Plötzlich dämmert mir, dass Daisy Duck und Daffy Daddy Duck ihr »Quak! Quak! Quak!« bis zum Ende machen werden.

»Wo ist der Lautstärkenregler«, überbrülle ich das dröhnende »O Baby« aus dem Babyfon.

»Warum?«, fragt der Knabe. »Willste lauter machen?«

»O Mama!«, schreit Jerry.

Ich nehme das Babyfon, werfe es in die Spülmaschine, trete die Tür zu und stelle auf Spülen und Nicht-Abpumpen.

Erschöpft lasse ich mich gegen den Tresen fallen. Kid und Keks starren mich an, als hätte ich soeben Barney ersäuft.

Und die Moral von der Geschicht – nur weil eine Frau watschelt wie eine Ente und quakt wie eine Ente, heißt das noch lange nicht, dass bei ihr der Ofen aus ist.

Boxen

Sweetie sagt, das Leben ist wie ein Boxkampf. Gute Beinarbeit, rechtzeitig in Deckung gehen, und wenn einem jemand das Ohr abbeißt, die Fetzen aufsammeln.

»Warum passiert mir so was?«, fragt Rosie, die flach auf dem Boden liegt und an die Wohnzimmerdecke starrt.

Heute Morgen erfuhr sie per Einschreiben, dass der Nachbar von gegenüber sie verklagt hat.

»Er ist auf dem Ölfleck ausgerutscht«, erklärt Leila, die den Brief des Anwalts studiert.

Der ominöse Ölfleck ist ein Souvenir aus Rosies Ehe. Als ihr Exmann in die Wechseljahre kam, kaufte er sich einen Porsche – und ritt mit einer vierundzwanzigjährigen Zahntechnikerin mit perfektem Gebiss in den Sonnenuntergang.

Moral Nummer zwei: Lass deinem Mann nie von einem Flittchen ins Maul schauen.

»Wir haben einen Namen und eine Adresse.« Maxine nimmt das Haus des Nachbarn durchs Erkerfenster ins Visier. »Wir zertrampeln dem Feigling das Stiefmütterchenbeet.«

In Krisenzeiten sind Männer nicht die Einzigen, die jemand platt machen wollen. Wir Frauen werden eine echte Konkurrenz darstellen – wenn wir erst anfangen in größeren Dimensionen zu denken.

»Wahrscheinlich ist es nur ein Missverständnis«, sagt Leila, die den Brief nochmal durchliest.

Leilas Exschwager ist Anwalt. Wir haben volles Vertrauen in ihren juristischen Sachverstand.

»Aus meiner Erfahrung schlägt das Pech immer dreimal zu«, sagt Rosie, »oder ein Vielfaches von drei.«

»Es gibt nichts, was sich nicht lösen ließe«, versichert Leila immer noch mit dem Brief beschäftigt.

». . . oder neun«, sagt Rosie und stiert in die Luft. ». . . oder ein Vielfaches von neun.«

»Na ja«, seufzt Leila und blickt aus dem Brief auf, »die Gesundheit können sie dir nicht nehmen.«

Rosie geht in die Embryonalstellung.

Es gibt nichts Schlimmeres, als zuzusehen, wie ein Mensch, der einem nahe steht, ausgezählt wird. In Rosies Welt zeigen Männer keine Frauen an, und wenn eine Frau »Ja« sagt, steht in seiner Todesanzeige »die liebende Ehefrau«.

Max reißt mit den Zähnen eine Tüte Keeblers Cookies auf, nimmt sich eine Handvoll und reicht die Tüte weiter. Man weiß, dass Rosie schlecht drauf ist, wenn sie gekaufte Kekse anbietet.

»Wenn's hart auf hart kommt«, sagt Max mit vollem Mund, »was kann ihr schlimmstenfalls passieren?«

»Sie könnte alles verlieren«, sagt Leila nüchtern und fischt sich eine Waffel aus der Tüte.

Kauend unterzieht Max das Haus einer Schnellinventur – bevor die anderen Geier mit dem Möbellaster anrücken.

»Warum passiert mir so was?«, murmelt Rosie, die es immer noch nicht fassen kann.

»Weil du 'ne Lusche bist«, sagt Max trocken. »Frauen wie dich verspeist die Welt zum Frühstück.«

Im Austeilen ist Max nicht zimperlich. Natürlich, würde man so was zu ihr sagen, würde sie deine Telefonnummer im Männerklo des Greyhound-Bahnhofs an die Wand kritzeln.

Rosie sieht mich an wie eine Frau, die ihren Glauben verloren hat. Kein Superman kommt, um sie zu retten oder den Seelenklempner zu spielen.

Ich hab mich immer gefragt, warum die Freundinnen meiner Mutter wie verprügelte Verlierer aussahen, in die Knie gezwungen vom Leben selbst. Ich hätte nie gedacht, dass uns so was passieren könnte. Aber ich hätte auch nicht gedacht, dass wir mal Krähenfüße kriegen.

»Liebes«, sage ich sanft, »als Frau kann man entweder depressiv werden oder aggressiv.«

Zu dritt stehen wir am Erkerfenster und sehen zu, wie Rosie auf den Stiefmütterchen des Nachbarn herumhopst.

»Hat sie ihm die nicht zur Hauseinweihung gepflanzt?«, fragt Leila.

Das Leben ist wie ein Boxkampf. Wir Frauen beherrschen die Regeln noch nicht ganz, aber wer uns einen Haken verpasst, muss mit ’ner Ladung toter Stiefmütterchen rechnen.

Bony

»Wie oft war er verheiratet?«, fragt Rosie.

Wenn man in unser Alter kommt, sind Männer wie Gebrauchtwagen. Alle haben Vorbesitzer. Man kann nur hoffen, dass es kein Rent-A-Wreck ist.

»Nur zweimal«, versichert ihr Maxine.

»Was ist beim ersten Mal passiert?«

»Sie sind sich über den Kopf gewachsen.«

Übersetzung: Seine Frau ist in eine höhere Klasse eingestiegen.

Rosie ist jetzt offiziell geschieden und der Markt wird nervös. Anscheinend gibt es ein ungeschriebenes Gesetz, dass eine geschiedene Frau eine Leerstelle ist, die besetzt werden muss. Und für Max hat sie den idealen Kandidaten ausfindig gemacht. Er ist Single. Er ist hetero. Und er steht in der Einfahrt.

»Hat er Kinder?«, fragt Rosie und späht über das Terrassengeländer nach ihrem Zukünftigen.

Max winkt ab. »Sie sind fast erwachsen.«

Übersetzung: Little Robby jr. braucht nur noch minimale Hilfestellung, wenn er aufs Töpfchen will.

Maxine, Rosie und ich sitzen auf meiner Terrasse. Jeder hat eine Tüte Zuckererbsen zu Füßen und Zeitungspapier im Schoß. Wie Synchronschwimmer zwicken wir die Spitzen ab, entfernen die Fäden und werfen die Erbsen in eine Schüssel.

»Du weißt, dass es die tiefgefroren gibt«, brummt Max und holt sich die nächste Handvoll Erbsen. »Küchenfertig.«

Ich winde mich mit Grausen. Was ist das nur für eine Frau, die den Unterschied zwischen einer Erbse, die frisch aus dem Garten kommt, und einer vakuumverpackten nicht erkennt. Ich hatte schon immer den Verdacht, dass ihr irgendwann ein Adamsapfel wächst.

»Ich mag keine Klappergestelle«, sagt Rosie und knabbert an einer rohen Erbse.

Wir folgen Rosies Blick in die Einfahrt. Auf Anraten von Maxine beugen sich Sweetie und Robert über Rosies Mercedes und sehen nach dem Frostschutzmittel. Max vertritt die Theorie, dass nichts einen Mann attraktiver macht als eine Gratisinspektion des Wagens.

»Er ist kein Klappergestell«, erwidert Max. »Er ist schlank und rank wie Hugh Grant.«

Die Wahrheit ist, Robert ist eine menschliche Feuerwehrstange. Wollte man ihn umarmen, würde man abrutschen und das Linoleum küssen.

Rosie schüttelt zweifelnd den Kopf. »Ich will keinen Mann, der dünnere Schenkel hat als ich.«

Unwillkürlich mustern wir Rosies Schenkel. Sie quellen über den Deckchair wie Buttercreme. Das engt die Auswahl definitiv ein.

»Schätzchen«, sagt Max trocken, »entweder du hängst die Latte etwas niedriger oder auf deiner nächsten American Express Karte steht Mrs Knack&Back.«

»Ich hatte gehofft einen netten Witwer zu finden«, seufzt Rosie. »Geschiedene schleppen so viel Gepäck mit sich rum.«

»Glaub mir«, erwidert Max, »du hast genug Platz in deinem Kofferraum.«

Rosie schaut den Schotenberg in ihrem Schoß an, als wolle sie sich dazulegen.

»Rosie«, versuche ich zu trösten, »es gibt kein Gesetz, das dich zum Heiraten zwingt.«

»Du würdest die Männer ganz aufgeben?«, fragt Max skeptisch.

Na ja, das hab ich nicht gesagt.

»Wenn Sweetie dich verlassen würde«, fragt Rosie mit gekräuselter Stirn, »würdest du dann einen anderen heiraten?«

Ich schiele über die Terrasse nach Sweetie. Auch nach all den Jahren macht mir der Junge immer noch Appetit. »Ich könnte nicht wieder Tiefkühlerbsen essen.«

»Andererseits«, sagt Rosie und winkt Robert verschämt zu, »mit etwas Butter merkt man den Unterschied kaum.«

Rosies erstes Rendezvous

Sweetie sagt, eine Frau kann zwar so aussehen, als hätte sie wenig Kilometer drauf, aber man weiß nie, was für ein Wrack sich unter dem Lack verbirgt.

»Wie viel Zeit haben wir?«, fragt Maxine und stellt einen Koffer voller Kosmetika auf die Badezimmerablage.

»Er holt sie in zwei Stunden ab«, sage ich mit Blick auf die Uhr.

Max holt Rosies Kopf aus dem Klo und begutachtet den Schaden.

»Ich garantiere für nichts, aber wir werden tun, was wir können.«

Rosie hat ihr erstes Rendezvous seit zehn Jahren. Die schlechte Nachricht ist, sie hat einen Nervenzusammenbruch. Die gute Nachricht ist – nachdem sie zwei Tage lang dem Porzellanaltar Opfer dargebracht hat, hat sie mindestens fünf Pfund abgenommen.

»Männer sind Lügner«, murmelt Rosie, während Max ihr die Fiberglasnägel poliert und ich ihr die grauen Haare sienarot färbe.

»Wow«, sage ich beim Anblick der Haarwurzeln. »Ich wusste gar nicht, dass du brünett bist.«

»Bin ich das?« Rosie beugt sich zum Spiegel und blinzelt ihren Scheitel an. Ohne ihre haselnussbraunen Kontaktlinsen findet Rosie nicht einmal ihre korrigierte Nase im Gesicht.

»Jeden Abend, wenn ich ins Bett gehe, bete ich, ich möge am nächsten Morgen schwul aufwachen«, murmelt sie.

»Das Glück sollten wir alle haben«, sagt Max und drückt ihr das Gesicht in das mit Eiswasser gefüllte Waschbecken, damit Rosie wieder rosig wird. Als sie sich aufrichtet, um Luft zu holen, sieht sie aus wie ein Steward auf der Titanic.

»Sie ist blau«, sage ich und hacke das Eis ab.

»Mit einer dicken Schicht Grundierung kriegen wir das hin«, versichert Max und bearbeitet Rosies Augenbrauen, als würde sie ein Hühnchen rupfen.

»Bei Männern trügt der Schein immer!«, heult Rosie hysterisch.

»Erzähl uns was Neues«, schnaubt Max und klatscht ihr eine Grundierung aus Antifaltencreme ins Gesicht, eine Camouflagecreme, um die Augenringe zu verdecken, eine Feuchtigkeitsgrundierung mit Lichtrefraktor, um die Krähenfüße unsichtbar zu machen, Rouge auf die Wangen, um ihnen Jugendlichkeit zu verleihen, und eine leichte Schicht translucierenden Puder.

»Na?«, fragt Max.

»Sehr natürlich«, antworte ich.

Die Brauen gerunzelt studiert Max ihr Werk wie Picasso. Dann taucht sie den Pinsel in eine Palette mit Lidschatten und malt Rosie zwei Augen ins leere Gesicht.

»Indem man die Farbe über den Mund hinauszieht«, erklärt sie und beißt vor Konzentration in ihr Lipgloss, während sie Rosies Lippen mit einem Lipliner nachzieht, »erzielt man diesen fülligen ›Frisch-mit-Silikon-aufgepumpt‹-Effekt.«

Während ich das Handtuch von Rosies Rotschopf wickle, zückt Max die Harley unter den Haarföhnen. An das Baby bräuchte man nur noch Griffe machen und könnte losdonnern.

Sie packt den Föhn mit beiden Händen und nickt, worauf ich ihn in die Steckdose stecke. Einem Düsenjet gleich schießt ein glühend heißer Luftstrom heraus. Was von Rosies Haarpracht nicht weggeblasen wird, steht kerzengerade vom Kopf ab als pflegeleichte »Bettfrisur«.

Wirres Zeug murmelnd schlängelt sich Rosie in ihren Wonderbra.

»Von wegen aus zwei Maulwürfshügeln lässt sich kein Berg machen«, pfeift Max anerkennend.

»Ich habe gelesen, dass das Material für militärische Zwecke erfunden wurde«, ächze ich, während wir Rosie in ihren nagelneuen, federleichten Ganzkörper-Hüfthalter stopfen.

»Soll noch einer sagen, Star Wars sei Verschwendung von Steuergeldern gewesen«, schimpft Max und verstaut ein Fettpolster mit dem Bürstenstiel.

Endlich ist das Werk vollbracht. Rosie atmet tief durch und dreht sich langsam um die eigene Achse, damit wir das Ergebnis begutachten können.

»Rosie«, sage ich, »mir fehlen die Worte.«

Max legt ihr die Hand aufs Schulterpolster. »Und denk dran, Schätzchen, sei ganz du selbst.«

Der Apfel fällt nicht weit vom Stammbaum

Saures

»Ihr braucht euch um mich keine Gedanken zu machen«, sagt Mom mit hängenden Schultern. »Wenn es so weit ist, such ich mir ein kleines Zimmer mit einer Herdplatte und einer Kaffeemaschine, das genügt mir.«

Sis und ich sehen uns an.

Seit Mom ihre Freundin im Altersheim besucht hat, tut sie, als würden wir sie dereinst in einen reißfesten Sack stopfen und zur Müllhalde karren.

»Mutter«, sagt Sis, »du überlebst uns alle.«

»Vor allem, weil du uns vorzeitig zu Tode nervst«, füge ich hinzu.

Unter normalen Umständen könnte Sis mein böses Maul jetzt von der Wand kratzen. Aber Mom starrt nur zum Fenster hinaus.

»Wisst ihr, was sie in New York mit den Alten machen?«, fragt Mom, während die Bedienung die nächste Schüssel eingelegte Pickles vor sie hinstellt.

»An die Chicago Cubs verkaufen?«, frage ich und trinke einen Schluck Kaffee.

»Sie karren sie aufs Land und setzen sie aus wie Hunde«, sagt Mom traurig.

Sis nimmt einen tiefen Zug an ihrer Zigarette und überlegt.

»Gibt es keine amtliche Stelle für unerwünschte Eltern? So ’ne Art Tierheim für Eltern?«

»Treffer«, murmle ich, den imaginären Baseballschläger schwingend.

»Früher«, sagt Mom und beißt traurig in ein Sauergürkchen, »hat man den Eltern noch Respekt erwiesen.«

»Früher«, sage ich, »setzten die arktischen Völker ihre Eltern auf Eisschollen und ließen sie aufs offene Meer hinaustreiben.«

»Aber ich bin sicher, sie haben es mit dem gebührenden Respekt getan«, fügt Sie hinzu den Rauch durch den Mundwinkel blasend.

»Vielleicht geh ich ins Kloster«, seufzt Mom.

Mom trägt fünf Zentimeter hohe Pfennigabsätze, Caprihosen und ein Stretch-Oberteil. Der einzige Orden, der sie aufnehmen würde, wären die Heiligen Schwestern von Chiquita Banana.

Mom öffnet ihre Handtasche, zieht ein zerknülltes, mit Lippenstift verschmiertes Kleenex heraus und tupft sich die Augen. Ich wette, es ist dasselbe Kleenex von damals bei meiner High-School-Abschlussfeier.

Die Kinne in die Hände gestützt sehen wir zu, wie Mom ein zerknittertes Stück Alufolie auseinander faltet und auf dem Tisch glatt streicht.

»Mom«, frage ich schließlich, »was machst du da?«

Sie nimmt die Schüssel mit Gurken und kippt sie auf die Alufolie.

»Verstehe, bei deinem Lebensmittelhändler gibt’s keine Gurken.«

»Ich blamiere meine Töchter«, informiert sie den Nebentisch.

»Du versaust dir die ganze Handtasche mit dem Saft«, werfe ich ein.

»Ich hab der Göre den Arsch ausgewischt«, posaunt Mom durchs Lokal und spießt mein angebissenes Würstchen auf. »Und sie beschwert sich über Gurkensaft.«

»Mutter, ich kauf dir ein Glas Gurken.«

»So fängt es an«, schimpft sie. »Erst werfen sie die Gurken weg. Und dann die Mutter!«

»Ich hätte dem Peace Corps beitreten sollen, als ich die Gelegenheit hatte«, murmle ich.

Mom steht auf und beugt sich über mich. »Junges Fräulein«, knurrt sie mit hochgezogenen Brauen, »du bist immer noch nicht zu groß, dass ich dich übers Knie legen könnte.«

»Ich weiß nicht«, meint Sis und beäugt meinen Hintern. »Er ist hart an der Grenze.«

»Ich bringe euch beide unter die Erde!«, erklärt Mom und stürmt, eine Handvoll geklaute Süßstofftütchen wedelnd und eine Gurkensaftspur hinterlassend, aus dem Lokal.

»So kennen und lieben wir sie«, sagt Sis stolz.

Elvis' Geist

»Als wir Elvis' Geist zum ersten Mal sahen, saß er genau hier«, sagt Earl und deutet auf den Esstisch hinter der Samtkordel. »Er aß gerade Hackbraten.«

Earl und Reba sehen Elvis und Priscilla in jung so ähnlich, dass es geradezu gespenstisch ist. Earl hat Schlafzimmeraugen, und falls Reba je in einen Tornado gerät, möchte ich wetten, dass ihr Haar das Einzige ist, was stehen bleibt.

»Lauft ihr immer so rum?«, frage ich.

»Wie ›so‹?«, fragt Earl und seine aufgeworfenen Lippen zucken.

Ich bin zum ersten Mal in Graceland und abgesehen von den drei Meter hohen, mit künstlichen Saphiren verzierten Buntglaspfauen im Wohnzimmer ist es nicht halb so kitschig, wie ich gedacht hatte.

Moslems pilgern nach Mekka, Juden nach Jerusalem. Unsereiner pilgert nach Graceland. Elvis ist der Säulenheilige des White Trash. Weißer Kompost.

»Glaubt ihr, wir bekommen Elvis' Geist heute zu sehen?«, frage ich.

»Er zeigt sich nicht jedem«, sagt Earl.

»Man muss seiner würdig sein«, meint Reba. »Ihr tragt doch weiße Baumwollunterwäsche, oder?«

Wetten, solche Insidertipps erfahren die 700 000, die jährlich nach Graceland pilgern, aus dem in acht Sprachen erhältlichen Audioguide nicht.

Am Fuß der verspiegelten Treppe in der Eingangshalle bleiben wir stehen. Earl und Reba heben den Blick zu dem blauen, mit goldenen Troddeln besetzten Satinvorhang, der das obere Stockwerk abtrennt.

»Seine Privatgemächer«, seufzt Earl ehrfurchtsvoll.

Als Elvis noch lebte, hingen die Fans an der Gartenmauer und versuchten einen Blick auf ihn zu erhaschen. In den unteren Stockwerken wimmelte es von Groupies. Daher versteckte sich Elvis im obersten Stockwerk und traute sich nur nachts heraus.

»Earl und ich kamen auf unserer Hochzeitsreise zum ersten Mal nach Graceland«, schwärmt Reba, als wir die Küche besichtigen. »Weißt du noch, Earl?«

»Das vergess ich nie, Schatz«, sagt Earl, zieht einen Kamm aus der Gesäßtasche und fährt sich damit durchs pomadierte Haar. »Du warst mit dem Jungen schwanger.«

»Fett wie ’ne Zecke«, seufzt Reba und legt die Hand auf ihr Original-Graceland-T-Shirt.

»Das Fruchtwasser platzte genau hier«, erzählt Earl und deutet auf ein zweistöckiges Gestell mit künstlichem Obst.

»Wir durften die Führung am nächsten Tag zu Ende machen«, ergänzt Reba.

»Habt ihr Elvis damals gesehen?«, frage ich.

»Nö«, meint Earl hüftenschwingend, »die Gebärerei wird ihn verscheucht haben.«

Reba und Earl beugen sich über den Küchentresen, um einen Fettfleck zu inspizieren.

»Backhuhn«, sagt Earl und beschnüffelt das Resopal wie ein Bluthund. »Er war also hier.«

Elvis’ Gegenwart ist deutlich spürbar. Mir wird schwummrig. Vielleicht ist es auch der orange-lindgrüne Psychedelik-Teppich.

»Als Priscilla Mutter wurde, beendete Elvis die ehelichen Beziehungen zu ihr«, berichtet Reba mit vorwurfsvollem Blick zu Earl. »Er hatte zu große Achtung vor ihr.«

»Na, Baby«, meint Earl«, »das haben wir doch geklärt. Wenn Marilyn sich in einem lila-metallic 56er Cadillac an mich kuscheln würde, hätt ich auch Achtung vor dir.«

»Habt ihr Marylins Geist bei Elvis gesehen?«, frage ich.

»Ihr wisst doch, dass sie und President John F. Kennedy sich getrennt haben?«, fragt Reba so ernst wie in ›Heartbreak‹ *Hotel.*

Während Earl begehrliche Blicke auf Elvis' 24-karätigen Schwarzgürtel-achte-Stufe-Karatering wirft, sehen Reba und ich uns ein Video von seinen Konzerten an.

»That's one hunka hunka burnin' love.« Reba erschauert beim Anblick des jungen Elvis, der in schwarzer Ledermontur Unterleibsgymnastik vollführt.

Im Prinzip stehe ich mehr auf dunkle, intellektuelle Typen, aber Elvis' rohe, animalische Ausstrahlung weiß ich durchaus zu schätzen. Ich würde ihn nicht aus der Laubhütte werfen.

Viel zu schnell sind wir am Ende der Gracelandtour angelangt und immer noch kein Zeichen vom King.

Elvis hat weltweit über eine Milliarde Platten verkauft. Er hat dreiunddreißig Filme gedreht, Präsidenten die Hand gegeben, mit den Beatles gespielt und mit 42 den Löffel abgegeben. Sein Grab wird für alle Zeiten mit Blumen übersät sein, ein ewiges Licht brennt Tag und Nacht.

Mit Tränen in den Augen greift Reba in ihre Handtasche, zieht ein Erdnussbutter- und Marmelade-Sandwich heraus – seine Lieblingsspeise – und legt es vorsichtig auf die Grabplatte.

Plötzlich, in der Ferne, barfuß übers Gras laufend und mit einem Gänseblümchen in der Hand, sehe ich ihn. »Großer Gott«, japse ich und winke mit dem Finger. »Das ... das ist ja ... John Lennon!«

»Der? Der ist jedes Jahr hier«, meint Earl unbeeindruckt, »wahrscheinlich ist er der Hilfsgärtner.«

Die Sauciere

»Keiner frittiert ein Huhn so wie du, May«, erklärt Großonkel Franklin bei einem kleinen Kukidentplausch, während er sein Gebiss justiert.

Wir sind beim Sonntagsessen. Seit Donnerstag steht bei Großtante die Küche in Flammen. Heißer Schinken, Roastbeef und frittiertes Huhn, so weit das Auge reicht. Tante May stammt aus der alten Schule – von jeder Spezies etwas.

»Nimm dir doch noch ’n Stück Caramel Pie, Franklin«, zwitschert Tante May.

Franklin schaufelt sich Pie auf den Teller, als würde er verschüttete Bergarbeiter ausgraben.

Jeden Sonntag stopft sich Franklin voll, als wär’s sein letztes Mahl. Und in gewisser Weise ist es das auch. Franklins Frau Julia könnte nicht einmal nach Rezept Streichkäse auf einen Cracker schmieren. Bei Familienfeiern weiß man immer, was Julia mitgebracht hatte. Selbst die Fliegen verschmähen es.

»Noch Eistee, Franklin?«, gurrt Tante May.

Sie gießt ihm nach und Franklin sieht sie an, als sei sie die Schutzpatronin des Speiseöls.

»Ich glaub, ich nehm noch ’n Stück Huhn, damit’s nicht zu süß wird.« Franklin spießt einen Schenkel auf und ersäuft ihn in Sauce. »Ich liebe deine Schenkel«, meint er vollmundig.

»Ach, Franklin«, sprudelt Tante May, »ich hab schon immer geahnt, dass du 'n Wadenbeißer bist.« Trotz grauem Star wirft Tante May ihm einen Blick zu, der Kekse backen könnte.

Mit geschwellter Brust und rot wie ein Schuljunge tupft sich Franklin mit einer Serviette den Schnauzer ab. »Wenn die Damen mich jetzt entschuldigen würden«, krächzt er und greift nach seinem Stock. »Ich werde mir meine Zigarre auf der Veranda genehmigen.« Den Krückstock wie einen Offiziersstab schwingend schlägt er beim Hinausgehen die Hacken zusammen.

Die Luft ist so dick wie Tante Mays klümpchenfreie Sauce. Schnaubend wie ein Stier vor dem Angriff funkelt Julia sie über die Bratkartoffeln hinweg an.

»Du versauerte alte Jungfer«, zischt sie. »Du bist hinter meinem Franklin her, seit ich ihn nach Hause brachte!«

Aller Wahrscheinlichkeit mit einem Planwagen.

Tante May guckt wie ein indignierter Wellensittich und sieht mich sodann Hilfe suchend an. Ich entwickle eine plötzliche Faszination für die Tapete.

»Och, Julia«, winselt Tante May, »du warst einfach schneller.«

»Spiel nicht die Kokette«, giftet Julia. »Mein Leichnam wird noch warm sein, wenn du mit einem Thunfischauflauf an die Tür klopfst.«

Tante May windet sich. Es fiele ihr nicht im Traum ein einem Mann Auflauf zu servieren, schon gar nicht mit Thunfisch.

»Wenn du glaubst, dass du auf *meinem* Sarg tanzt«, knirscht Julia und erhebt sich ächzend, »würd ich mir das an deiner Stelle zweimal überlegen!«

Mühsam schleppt sie sich zur Tür, als sich plötzlich ihre Pupillen verengen. Sie nimmt die Sauciere von der Wärmeplatte und holt aus. Kurz bevor die Sauciere durchs Esszimmer segelt, schreit Tante May: »Nicht die Sauciere! Sie ist von Grandma Hilliard!«

Julia lässt den Arm sinken und inspiziert die Sauciere, als sei sie ein Wundermittel gegen Leberflecken. »Ich dachte, *ich* hätte Grandma Hilliards Service.«

Das unhörbare »Huch« weckt selbst die Toten auf. Ich halte die Luft an und schiele zu Tante May hinüber, ob sie bereit ist vor den Herrn zu treten. Tante May klappert wie eine Eule mit den Lidern.

»Erst klaust du mir das Service und dann versuchst du auch noch mir den Mann zu klauen!« Wütend richtet Julia ihren knochigen Zeigefinger auf Tante May. »Pass bloß auf, Miss, sonst verbrennst du dir die Finger!«

Tante May greift sich japsend an die Brust. Wenn's ums Anbrennen geht, ist Tante Julia Expertin.

Mitternacht

Es ist nach Mitternacht und ich bin hellwach. Nach zwei Stunden Schäfchenzählen kann ich genauso gut aufstehen und etwas Produktives tun.

»Einen Chili-Hotdog mit Käse und Zwiebeln, 'ne große Portion Pommes und ein Schokoshake«, rufe ich in die Sprechanlage.

»Wir haben Cheddar-Peppers für 99 Cents im Angebot«, krächzt es aus der Anlage.

»Na gut, warum nicht.«

Das »Sich-in-den-Schlaf-essen« habe ich von Dad. Immer wenn Dad nicht einschlafen konnte, rüttelte er mich in ein wandelndes Koma, legte Elvis auf und wir kochten uns was. Sein Lieblings-Mitternachtsimbiss waren Spiegeleier, kaltes Maisbrot, Dillgurken und ein Heineken.

Ja, er lebt noch.

Während ich auf die abgepackte Cellulitis warte, sehe ich mir meine Mitesser an. Ich schätze, die Hälfte der Kids ist gerade erst entwöhnt. Statt aus Strohhalmen sollten sie aus Babytassen trinken.

Ich wische mir gerade die Chilisauce vom Kinn, als zwei junge Burschen im väterlichen Lincoln vor dem Lautsprecher zu meiner Linken halten. Sie lassen das Fenster herunter, um zu bestellen. Ein ohrenbetäubender Rap fegt mein Shake übers Armaturenbrett. Ich gehöre nicht zu den Leuten, die über den Geschmack der jungen Generation herziehen, aber ein bisschen wundern muss man sich schon über Musik, bei der das Essen davonläuft.

Die Jungs im auffrisierten Chevy haben anscheinend das Bedürfnis nach Kulturaustausch. Sie drehen volles Rohr Smashing Pumpkins auf, was die Mädels im Sedan veranlasst etwas Spice Girls dazuzugeben. (Als ehemaliges Mitglied des Monkey-Fanclubs steht es mir nicht zu, ein Urteil zu fällen.)

So sehr ich das Lautsprecherduell genieße, beschließe ich, dass es Zeit ist, mich auf den Highway zu machen.

Die Nacht ist glockenklar, im Radio läuft Creedence Clearwater Revival, und schon jage ich auf dem Natchez Trace Richtung Tupelo, Mississippi. An der Brücke über der I-96 halte ich an, um den »bad moon rising« zu sehen.

Die Brücke ist so hoch, dass man mit dem Fallschirm abspringen könnte. Ich lehne mich gegen den Wagen und schaue in den Himmel. Junk food, Rock 'n' Roll und eine laue Sommernacht. Hätt ich 'n Knutschfleck am Hals, wär's fast wie in der High School.

»Und das war Creedence Clearwater Revival«, schnulzt der DJ, ». . . aus dem Jahr 1969.«

Sagte er 1969? Ich übe ein bisschen Kopfrechnen, mehr kann ich nicht tun, um mich nicht in die Tiefe zu stürzen.

»Gibt's 'n Problem?«, fragt der Polizist, der sich von hinten angeschlichen hat.

Das Problem ist, dass der Schreck, den er mir versetzt, mir die wenigen verbleibenden Jahre auch noch raubt.

Er leuchtet mir mit einer Taschenlampe ins Gesicht und sieht mich misstrauisch an. Ich will ihm gerade versichern, dass ich nur die Fahrbahn unter mir mit Cheddar-Peppers bombardiere, als ich mich zu erinnern glaube, dass das Werfen von Gegenständen von einer Staatsbrücke mit dem elektrischen Stuhl bestraft wird.

»Cheddar-Peppers, Officer?«

»Für 99 im Angebot«, sagt er und nimmt zwei.

Hätten Butch und Sundance den *federales* ein paar Tacos angeboten, wären sie im Bett gestorben.

»Ich konnte nicht schlafen«, sage ich zur Erklärung.

»Schlechtes Gewissen«, meint der Cop.

»Das hat mir noch nie den Schlaf geraubt.«

Der Cop hört zu kauen auf.

In diesem Moment legt der DJ den nächsten Oldie auf. Vier gespenstische Gitarrenklänge und man weiß, es ist ›Ode to Billy Joe‹. Die Musik steigt aus dem Autofenster empor und hängt sich zu den Sternen an den Himmel, als gehöre sie dorthin.

»So 'ne Musik gibt's heut nicht mehr«, sagt der Cop leise.

»Das nennt man Fortschritt.«

Oder Mangel an Talent, wie man's nimmt.

Als Bobbie Gentry zum Refrain kommt, singen wir mit.

»... Today Billy Joe Mac-Allister jumped off the Tallahachee bridge ...«

»Wow«, sagt der Cop und schaut mich an. »Sie sehen viel zu jung aus, als dass sie diesen Song kennen.«

Ich geh nie wieder bei Tag aus dem Haus.

Ein Abend in Paris

Ein Abend in Paris. Boote gleiten die Seine hinab, Straßenlaternen werfen Schatten auf Liebespaare, die über die Champs-Elysées schlendern. Fähnchen schwingend führt uns die Führerin wie eine Schar Entlein in ein ruhiges, kleines Bistro abseits der Touristenpfade.

»Isch möschte, dass Sie den wahren Geschmack von Pari errlebön«, ruft Monique uns über die Schulter zu.

Nach der Miene der französischen Gäste zu schließen schmeckt Paris nach Spucke.

Wir schlängeln uns endlos durch den dunklen, verrauchten Raum und erreichen schließlich unseren Tisch. Sweetie, den Mantel über den Schultern und eine Sonnenbrille auf der Nase, setzt sich neben den Stuhl und landet auf meinem Schoß.

»Blendet dich die Kerze?«, frage ich sarkastisch.

Sweetie wirft die Hände in die Höhe und zuckt mit den Schultern, als verstünde er kein Englisch. Seit wir in Charles de Gaulle gelandet sind, macht Sweetie auf einheimisch. Ich warte nur darauf, dass er verkündet: »Dem Immöl sei Dank für die klainen Mädschen.«

»Da wir doch jetzt Freunde sind«, raunt Richard und beugt sich zu mir, »darf ich Sie was Persönliches fragen?«

Am ersten Tag auf dem Kontinent hatten Richard und ich

die Muscheln in Sahnesauce. Nichts ist schöner, als mit dem Gesicht in einem französischen Stehklo von einem Mann die Freundschaft angetragen zu bekommen.

»Klar«, sage ich, den Mund voll mit einem dieser kleinen weißen Ziegelsteine, die die Franzosen Brot nennen.

»Arbeitet Ihr Frisör nebenher als Schlachter?«

Bevor ich weiß, wie mir geschieht, zupft Richard die Haarnadeln aus meinem Dutt und verwahrt sie zwischen den Lippen. Er zieht einen Stielkamm und eine batteriebetriebene Brennschere aus seinem Rucksack und geht ans Werk.

Auch wenn es eine große Ehre ist, von dem Mann frisiert zu werden, der bei Jennifer Anistons berühmtem Haarschnitt assistierte, erzeugen mit Spucke geformte Haarsträhnen ums Gesicht nicht gerade die geheimnisvolle Aura, die ich mir für meine erste Nacht in Paris vorstelle.

Monique und Sweetie schäkern unterdessen auf Französisch. Sie könnten über Kläranlagen reden, so viel verstehe ich.

Monique zieht eine winzige französische Zigarette aus der Packung und schlenkert sie in der Luft. Geschmeidig wie Paté zückt Sweetie sein Bic. Oder, wie man in Frankreich sagt, sein Bi-kö.

Französinnen sind wirklich erstaunlich. Wir sollten sie ins Labor bringen und untersuchen. Mein halbes Leben versuche ich Sweetie den Atem zu rauben. Monique legt die Lippen um eine brennende Kippe und saugt ihm die Luft raus wie ein Staubsauger.

»Monique«, zirpt Richard, während er mein Haar zu einem Zuckerwatteberg toupiert, »was machst du mit deinem Haar?«

»Nischts, wirklisch«, sagt Monique achselzuckend. »Isch waschö nur mit ... wie sagt man ... Seifö. Dann schüttle isch es trockön.«

Moniïque schließt die Augen, wirft den Kopf zurück und schüttelt demonstrativ die Locken.

»Na klar doch«, meint Sweetie skeptisch.

Monique beugt sich langsam über den Tisch. »Komm eut Abend auf mein Zimmör«, flüstert sie, die Lider auf Halbmast, »dann zeigö isch es dir.«

Von der Hüfte aufwärts ist Sweetie so cool wie Perrier. Doch unterm Tisch wippt sein Bein wie Klopfer, das Kaninchen.

»Nimm's nicht persönlich«, flüstert Richard unüberhörbar und rümpft die Nase. »Sie ist Französin. Wenn sie allein wäre, würde sie die Butter aufs Zimmer mitnehmen.«

Ein letzter Handgriff an meinem Haar, und Richard begutachtet sein Werk. »Ich bin ein Genie«, jault er und tippt die Finger unterm Kinn aneinander.

Langsam dreht sich jedes gelangweilte französische Gesicht im Raum zu mir. Gott sei Dank hängen mir so viele Haare ins Gesicht, dass mich meine eigene Mutter nicht erkennen würde.

»Na«, sagt Richard und dreht mich zu Sweetie herum, »wie finden Sie's?«

»Sie sieht aus wie aus der Addams Family«, sagt Sweetie.

Frankreich schenkte uns Brigitte Bardot und Catherine Deneuve. Wir schenkten ihnen Jerry Lewis und den Big Mac. Eine schlechte Muschelsauce scheint es auf den Punkt zu bringen.

Cousine Clara

Meine Familie stellt ihr Vermögen nicht gern zur Schau. Zu viele in unserer Verwandtschaft würden sich bedienen.

»Die bleiben«, sagt Tante May und nimmt einen Stapel ›National Geographic‹ aus der Altpapierkiste. Sie stapft in ihren zierlichen Orthopädenpumps durchs Wohnzimmer und legt die Zeitschriften auf die Treppe zurück.

Ich sitze bei Großtante May auf dem Fußboden und versuche fünfundsiebzig Jahre ihres Lebens auszumisten. Sobald ich etwas in die Kiste werfe, holt sie es wieder heraus und legt es zurück. Es ist, als wolle man Wasser bergauf schieben.

»Die Jugend von heute ist so verschwenderisch«, sagt Clara geistesabwesend, eine Lucky Strike klebt an ihrem zwei Zentimeter dicken, blutroten Lippenstift. Sie klopft an eine Kristallvase und prüft den Klang wie ein Schätzer bei Sotheby's.

Eigentlich soll Clara mir bei dem Projekt helfen, aber unter Ausmisten versteht sie die Teelöffel in Tante Mays Besteckschublade auszudünnen. Clara gehört zur Familie und wir lieben sie, aber im Grunde ist diese Frau ein Geier in giftgrünem Lycra.

»Tante May, wozu hebst du den ›Reader's Digest‹ vom März 72 auf?«

»Angenommen, das nächste Heft kommt nicht«, sagt Tante May und blättert in einem Bericht über Nixons Chinareise, »was soll ich dann lesen?«

»Es gibt Läden. Du kannst es dir kaufen.«

»Das Geld zweimal ausgeben, so geht das Land den Bach runter«, schimpft Clara und reibt die Unterseite von Tante Mays Pickles-Schale mit Silberpolitur ein.

»Du solltest auf deine Cousine hören«, mahnt Tante May mit erhobenem Zeigefinger.

Ich werfe Clara einen Blick zu, aber sie merkt es nicht. Sie ist zu sehr mit dem Zählen der Leinenservietten beschäftigt.

Mir fällt auf, dass Clara in letzter Zeit häufig bei Tante May anzutreffen ist, und das ist kein gutes Zeichen. Man merkt es, wenn jemand aus der Familie demnächst den Löffel abgibt: Clara fängt zu kreisen an.

»Tante May«, frage ich, »wie fühlst du dich?«

»Ich überlebe euch alle!«, verkündet sie und schleift eine Kiste mit Versandhauskatalogen zum Schrank zurück.

Bevor sie sich auf den Boden legt und Ein-Arm-Liegestützen macht, sortiere ich lieber weiter.

»Was ist denn das?« Ich ziehe ein verknäultes rotes Plastikgespinst aus einer Papiertüte.

»Zwiebelnetze«, sagt Tante May und nimmt mir die Tüte aus der Hand. »Kann man immer brauchen.«

»Ach was. Wann hast du zum letzten Mal eines gebraucht?«

»Clara!«, schreit Tante May, presst die Lippen aufeinander und schlingt die Arme um die Tüte, »sie will meine Zwiebelnetze wegwerfen!«

»Schon gut, schon gut.« Clara nimmt May tröstend in den Arm und begutachtet bei dieser Gelegenheit die Kameebrosche. Die Frau ist eine menschliche Frischhaltefolie, hundert Prozent Plastik und völlig durchsichtig.

»Weißt du«, sagt Clara natreensüß zu mir und beißt in den

silbernen Rahmen mit Großonkel Harlans Porträt, »ich hab euer neues Haus noch gar nicht gesehen.«

»Das is ’ne Scheune«, sage ich schnell, »’n Bretterverschlag.«

»Du siehst blass aus, Liebes«, meint Clara und legt mir die Hand auf die Stirn. »Wie fühlst du dich?«

Molche und andere Amphibien

Mom hatte sich in den Kopf gesetzt, dass Sis und ich alles über das Liebesleben der Vögel und Bienen erfahren sollten. Sie hatte nichts dagegen, dass »es« an der Schule unterrichtet wurde. Sie zweifelte nur an der Kompetenz der Hauswirtschafts- und Religionslehrerin, Miss Hatzmen.

»Die Frau bringt keine zwei Socken zusammen«, sagte Mom zu Dad nach dem ersten Elternsprechtag.

Nach zwei Jahren Unterricht bei Miss Hatzmen war man überzeugt, der Schlüssel zu einer erfolgreichen Ehe sei ein leichtes, flockiges Muffin.

Miss Hatzmen konnte bei Auflaufrezepten in Wallung geraten, doch bei allem, was mit zwischenmenschlichem Kontakt zu tun hatte, wurde sie zum Fischstäbchen aus dem Tiefkühlfach.

Mom dagegen war auf einem Bauernhof groß geworden. Die Frau kannte das Liebesleben der Tiere wie Old McDonald sein Iii-ay-o.

»Okay«, sagte sie immer, wenn sie mir den Pferdeschwanz band, »so machen es die Frösche.«

Dann lieferte sie eine anschauliche Beschreibung kopulierender Amphibien und zog mir dabei die Kopfhaut so straff, dass meine Augen nur noch Schlitze waren. Ich musste mich jedes Mal zum Schulbus tasten, wo mich der Busfahrer Suzy

Wong nannte. Mit zwölf hatte ich Geheimratsecken, aber den Mathepreis gewann ich drei Jahre in Folge.

Um fair zu bleiben, Miss Hatzmen hatte es mit einer wilden Horde zu tun. Absolutes Muss waren die beliebten fransenbesetzten Lederstrapse mit dazugehörigem Springmesser. Das Projekt, das bei »Schule forscht« den ersten Preis gewann, lautete: »Schwangerschaftstests zu Hause: ein Verbraucherreport«.

»Miss Hatzmen braucht einen Mann«, erklärte Mom, während sie einen Teller spülte, nachspülte, abtrocknete und mir in die Hand drückte, damit ich ihn in die Spülmaschine steckte.

Eine Frau konnte an einer Haarnadel von einer Klippe baumeln – Moms Lösung lautete, ihr einen Mann zu besorgen.

»Was ist mit eurem Geschichtslehrer?«, fragte Mom. »Er ist Junggeselle.«

Es war allseits bekannt, dass der Geschichtslehrer und die Französischlehrerin während der Aufsicht im Sprachlabor »Verben konjugierten«. Außerdem hatte ich bei ihm meine Zweifel. Egal, was wir gerade lernten, gelang es Mr Wilson immer, auf besagtes Thema zu kommen.

»Wie ihr deutlich sehen könnt«, sagte er häufig und fuhr mit dem Zeigestab über die Landkarte, »hat das Gebiet, das während des Louisiana-Purchase dazukam, den Umriss einer Zweiundzwanzigjährigen im Bikini.«

»Und was ist das?«, fragte Lenny Bell, auf den Mississippi deutend.

»Da hat sich ein Träger gelöst.«

Bei allem Respekt für Moms Wertvorstellungen spielte ich mit dem Gedanken, dass Alleinsein vielleicht doch besser sein könnte, als sich mit einem Lustmolch einzulassen.

»Mr Wilson hat was mit der Französischlehrerin«, sagte ich.

»Hmmm.« Mom biss sich auf die Lippe. »Französinnen sind 'ne starke Konkurrenz.«

»Und er redet ständig *darüber.*«

In Moms Welt gab es nichts Verachtenswerteres als einen Mann, der *darüber* redet. Ein Mann, der was drauf hat, hat keine Zeit zu reden, lautete ihre Devise. Da Dad nicht nur nie *darüber* sprach, sondern blitzartig den Raum verließ, sobald das Thema zur Sprache kam, hatten Sis und ich höchste Achtung vor ihm.

»Hast du das gehört?«, fragte Mom Dad mit hochgezogenen Augenbrauen. »Mr Wilson spricht *darüber* mit seinen Schülern.«

»Sie hat lauter Einsen, stimmt's«, murmelte Dad, der damit beschäftigt war, die Fernsehantennen mit Alufolie zu verstärken.

»Mr Wilson sagt, der Louisiana-Purchase sieht aus wie ein Mädchen im Bikini«, erzählte ich, wo ich schon mal am Tratschen war.

»Oh«, Moms Augenbrauen setzten zur Landung an. »Er prahlt nicht damit. Er denkt daran. Das ist ein Riesenunterschied. Wenn ein Mann nicht mehr daran denkt, kann er sich einsalzen lassen.«

Solche Dinge stehen nicht in Schulbüchern.

Dicker Kater

Ein Freund von mir versuchte eine Katze zu erschießen, weil sie über seinen nagelneuen Camaro spaziert war. Stattdessen killte er die Windschutzscheibe. Als ich ihn fragte, was er daraus gelernt habe, meinte er: »Schieß nur auf fette Kater.«

»Er ist nicht fett!«, sage ich und kippe eine Dose Whiskas in Katers Schüssel. »Er hat schwere Knochen.«

Sweetie verschränkt die Arme. »Auf dem Auto sind Bauchabdrücke.«

»Er hat kurze Beine«, insistiere ich und streue ein paar Vitamin-Crunchies auf den Thunfisch. »Und sein winziges Köpfchen lässt den Körper größer wirken.«

»Wenn seine Wampe noch tiefer hängt«, sagt Sweetie, »braucht er Plateausohlen, damit er mit den Füßen noch auf den Boden kommt.«

Beleidigt klopfe ich mit einem Löffel an die Schüssel. Kater öffnet ein Auge, gähnt und stemmt sich langsam auf die Beine. Jedenfalls glaube ich, dass er steht. Da die Couch nachgibt, ist es schwer zu sagen. Er wiegt sich vor und zurück, bis er genug Schwung hat, um sich von der Couch zu wälzen. Als er zu Boden plumpst, klingt es, als hätte jemand eine Bowlingkugel fallen gelassen.

Er watschelt durchs Wohnzimmer. Sein Bauch pendelt vor und zurück wie die Gummibänder in einer Autowaschanlage.

Wenn ich ihn mit Möbelpolitur einsprühen würde, müsste ich nie wieder Staub wischen.

Als Kater schließlich vor meinen Füßen stehen bleibt, brauche ich einen Moment, bis ich weiß, unter welches Ende ich die Schüssel stellen soll. So ungern ich es zugebe, wenn man den Kopf seines Haustiers nicht mehr findet, ist es wahrscheinlich Zeit für eine Manöverkritik.

»Kater braucht nur 'n bisschen Bewegung«, sage ich und führe Sweetie und Kater auf den Hügel hinterm Haus.

Nach einem Viertel der Strecke sehe ich nur noch die Staubwolke hinter Sweetie und Kater. Als ich endlich auf allen vieren den Gipfel erreiche, hört man mich bis New Jersey japsen. Vom vielen Schwitzen bin ich völlig dehydriert und ziemlich sicher, dass meine Lungen jeden Moment explodieren.

Inzwischen macht Sweetie, eine Zigarette zwischen den Lippen, Chin-ups an einem umgekippten Baumstamm und Kater springt wie ein fettes, fliegendes Eichhörnchen von Ast zu Ast.

Da Kater bei unserer Wanderung durch die Catskills offensichtlich kein Gramm abgenommen hat, beschließe ich direkt zu Plan B überzugehen.

»So«, sagt Dr. Don, während die Praktikantin die Tür zu Katers Reisekorb aufmacht. »Wir glauben also, Kater hätte leichte Gewichtsprobleme?«

Er zieht Gummihandschuhe an, beugt sich zum Korb hinab und wirft einen Blick ins Innere.

»Großer Gott«, japst er und macht einen Satz rückwärts. »Was ist denn das?«

Die Praktikantin schielt vorsichtig in den Korb und rammt sich die Faust in den Mund.

»Wie in aller Welt haben Sie ihn da reingekriegt?«, fragt Dr. Don und sieht sich die Sache genauer an.

»Wir haben den Korb um ihn herumgebaut«, antwortet Sweetie und horcht mit Dr. Dons Stethoskop seine eigenen Herztöne ab.

»Zum Autofahren muss man 'ne Prüfung machen«, empört sich die Praktikantin, »aber 'ne Katze darf sich anscheinend jeder Idiot halten.«

Sweetie verdreht die Augen. Für ihn halten sich *nur* Idioten eine Katze.

Die Praktikantin straft mich mit einem vernichtenden Blick, wirft den Kopf zurück und holt etwas. Mich beschleicht der Verdacht, dass die Dame nicht die nötigen Umgangsformen für eine Katzenschwester hat. Die Rechnung bezahlt immerhin der Idiot.

Als sie wiederkommt, hält sie einen winzigen Beutel in der Hand, der problemlos in meine Handtasche passt.

»Wow!«, entfährt es mir, als ich das Preisschild auf dem von Wissenschaftlern entwickelten Spezialproteincocktail für inaktive Katzen sehe.

Kann mir einer erklären, warum Nahrungsmittel mit 25% weniger Fett 50% mehr kosten als Dinge, die 100% besser schmecken?

Während Dr. Don Sweetie die neue Diät erklärt, versuche ich Kater zu trösten.

»Keine Angst«, flüstere ich den aus dem Korb quellenden Haarbüscheln zu. »Ich lass nicht zu, dass du wegen ihnen verhungerst.«

Ich greife in den Korb und kraule Katers flauschiges Kinn. Jedenfalls hoffe ich, dass es das Kinn ist.

Hangman

Mom, Sis, meine Nichte und ich sind auf unserer alljährlichen Pilgerfahrt zum Dollywood Vergnügungspark. Wenn Sie noch nie in einem Country-Music-Vergnügungspark waren, stellen Sie sich eine Disneyversion von ›Stirb langsam I‹, ›II‹ und ›III‹ vor.

»So«, sagt meine Nichte Courtney und hakt die Grizzly-River-Wildwasserbahn und die Screaming-Delta-Demon-Achterbahn auf unserem Plan ab, »das wär dann alles, außer ... dem Hangman.«

Sis sieht mich mit schmalen Augen an. Wenn Blicke töten könnten, säße ich auf Wolke sieben und würde mit Patsy Cline den Niedergang der Country Music diskutieren.

Nach jahrelangem Warten ist Courtney endlich groß genug für den ultimativen Vergnügungshorror – den Hangman. Nach langem Betteln und Schmollen und einigen Tobsuchtsanfällen konnte ich Sis fast schon überreden, sie mit mir fahren zu lassen.

Courtney und ich sind aus demselben Holz geschnitzt. Keine Achterbahn ist vor uns sicher. Es kann uns gar nicht schlecht genug werden. Mom und Sis dagegen sind die letzten Luschen. Mom wird schon übel, wenn sie im Supermarkt durchs Drehkreuz muss und Sis kriegt man erst in ein Karussell, wenn die rosa Pferdchen mit Airbags ausgestattet sind.

»Hangman … Hangman … Hangman …«, rufen wir und ziehen Mom und Sis an den Banjos vorbei.

Irgendwo zwischen der Space Dot Ice Cream und den Spritzkuchen verlieren wir Mom. Wir finden sie schließlich im Streichelzoo, wo sie ihre Füße im Ententeich kühlt.

»Ich hab dir gesagt, du sollst bequeme Schuhe anziehen.«

»Und ich hab dir gesagt, du sollst Medizin studieren«, schnauzt Mom zurück und verjagt mit der Handtasche eine Ente von ihrem Maisbrot.

Bevor sie Mom wegen Entenmordes verhaften, ziehen wir weiter.

»Hangman … Hangman … Hangman …«

Wir biegen um eine Ecke und erstarren. Im Schatten des King of Amusement Horror richten wir den Blick langsam nach oben. Auf Stahlbeinen stehend wie ein riesiger, verrosteter Dinosaurier knirscht und ächzt der Hangman.

»Welches kranke Gehirn denkt sich nur so was aus?«, stammelt Mom.

Sis zündet sich eine Zigarette an.

In mehrfacher Schallgeschwindigkeit flitzt eine verschwommene Gruppe aufgerissener Münder an uns vorbei, gefolgt von markerschütternden Schreien, die nur Menschen von sich geben, denen man ohne Narkose die Mandeln rausreißt. Eine lose Schraube, denke ich, und sie müssen einen DNA-Test durchführen, um den Fettfleck zu identifizieren.

Mit zerfetzten Klamotten, die Überreste ihrer Kopfhaut festhaltend, torkeln die Überlebenden des Hangman mit wirrem Blick an uns vorbei.

»Sind eure Eingeweide startbereit?«, fragt das Kind vor uns in der Schlange.

»Du heißt nicht zufällig Kevorkian, oder?«, entgegne ich.

»Warum muss man die Schuhe ausziehen?«, flüstert Courtney.

»Damit du sie nicht vollpisst«, antwortet Kid Kevorkian.

Courtney tritt still und leise den Rückzug an.

»Alles halb so schlimm«, behaupte ich in der festen Überzeugung, dass Johnny Cash an der Met den Figaro singt, bevor Sis Courtney in die Nähe dieser Todesfalle lässt.

Sis zieht ein letztes Mal an ihrer Zigarette und schnipst die Kippe in den Cola-Becher.

»Courtney«, seufzt sie und beugt sich zu ihr hinab. »Seit Jahren redest du davon, dass du mit dem Hangman fahren willst.«

Die Brille auf Courtneys Nasenspitze zittert, als sie ihre Mom anschaut.

»Wenn du nicht fährst, Schatz«, sagt sie leise, »wird es dir hinterher leidtun.«

Mit schweißnassen Händen und einem Kloß im Hals blicke ich auf meine unbeschuhten Füße und frage mich, ob Leichenbestatter Fußpflege machen. Ich hasse die Vorstellung, die Ewigkeit mit ungepflegten Zehennägeln zu verbringen.

»Nur damit du's weißt«, sagt Courtney, nimmt die Brille ab, legt sie zusammen und gibt sie mir, damit ich sie in meinem Rucksack verstaue, »wenn mir was passiert, bringt Mami dich um.«

Kevorkian junior beugt sich über die Lehne und feixt uns an.

»Wisst ihr, was das Tollste am Hangman ist?«, fragt er, während der Angestellte uns mit dem gepolsterten Sicherheitsbügel festschweißt. »Wenn man kotzen muss, kotzt man sich nicht voll.«

Wollmäuse und Mafia-Perlen

Im Grunde suchen Männer und Frauen dieselben Qualitäten in einem Menschen – jemanden, der zuverlässig und ehrlich ist und einmal wöchentlich das Klo schrubbt.

»Hast du eine Liste gemacht?«, fragt Max vom Autotelefon aus.

»'ne Liste?«, frage ich und schlichte schmutziges Geschirr in den Geschirrspüler.

»Du musst einzeln auflisten, was sie tun soll, sonst zieht sie dich über den Tisch.«

»Ich brauche einen Heiratsvertrag mit meiner Putzfrau?«, frage ich und wische jeden Quadratzentimeter meiner Küche blank, einschließlich der Katze.

»Glaub mir«, sagt Max, »jetzt bist du noch in den Putzfrau-Flitterwochen. Das wird sich ändern.«

Ich starte gerade zum 50-Meter-Sprint mit dem Mopp, als der 98er Lincoln neben meinem 87er Honda in der Einfahrt hält. Ich werfe den Mopp die Kellertreppe hinab und renne mit kritischem Blick durchs ganze Haus. So sauber war's noch nie.

Die Putzfrau folgt mir ins Wohnzimmer, da trabt Kater mit einer Maus im Maul vorbei. Ich sollte die Putzfrau mit dem Heiratsvertrag auch eine Verschwiegenheitsverpflichtung unterschreiben lassen.

»Was ich mir vorstelle«, sage ich, packe nonchalant die Maus am Schwanz und werfe sie zur Verandatür hinaus, »ist ein gründlicher Frühjahrsputz ...«

Bei dem Wort sauber denke ich immer an Grandmas Haus. Das Sonnenlicht blinzelt durch den Ammoniaknebel, die Bleiche beißt in der Nase und aus dem Backofen raucht die Kernschmelzätzung. Grandma hatte nicht nur eine schöne Haut, weil sie wie Dracula das Sonnenlicht mied. Der Hausputz ersetzte eine 1500-Dollar-Schälkur.

»... Scheuerleisten wienern, unter den Möbeln raussaugen, Fenster putzen ...«

»Fenster mach ich nicht«, unterbricht mich die Putzfrau. »Das Gleiche gilt für Backöfen, Garagen, Speicher und nicht ausgebaute Keller.«

Fehlt nur noch die Wäsche, dann könnten wir Zwillinge sein, die bei der Geburt getrennt wurden.

Während die Putzfrau mit den Scheuerleisten schäkert, rufe ich blitzschnell Leila an. »Sie ist da«, flüstere ich, die Hand über der Muschel.

»Ich hoffe«, sagt Leila, »sie lässt nicht allzu viel mitgehen.«

»Was?«, rufe ich und nehme das Telefon mit in den Schrank.

»Bei mir räumt sie jedes Mal ab. Erinnerst du dich an meinen Silberfuchs? Gestern sah ich eine Frau damit rumlaufen.«

»Wer trägt denn im Sommer Pelz?«

»Im Schlachthof ist es anscheinend der letzte Schrei.«

»Du hast sie an mich abgeschoben?«

»Von den langen Fingern abgesehen ist sie ganz passabel.«

Ich mache die Schranktür einen Spalt auf, um nach der Putzfrau zu sehen. Sie mampft einen Keks und blättert in ›Good Housekeeping‹.

»Außerdem«, meint Leila, »was will man bei dir schon klauen?«

Wie dem auch sei, ich sitze die nächsten zwei Stunden im Schrank und steigere mich in eine Paranoia. Die Frau könnte genauso gut die Donna eines internationalen Putzfrauen-Mafiarings sein. Um Punkt zwei klopft es an den Schrank. Ich springe fast in den Wäschekorb.

Die Putzfrau zieht die Gummihandschuhe aus und gibt mir die Rechnung. Die Frau hat einen höheren Stundensatz als mein Gynäkologe. »Wollen Sie kontrollieren, ob alles gemacht ist?«, fragt sie.

Ich schiebe den Spinnwebvorhang beiseite und gehe ins Esszimmer. In den Staub auf den Regalen könnte man die Gettysburg-Rede schreiben, in den Krümeln unterm Tisch Mais pflanzen.

»Wunderbar!«, sage ich, drücke ihr einen Scheck in die Hand und bringe sie schleunigst an die Tür.

»Nächste Woche um die gleiche Zeit?«, fragt sie und trägt mich bereits in ihren Terminkalender ein.

Eher wird der Hades zum Ski-Ort, als dass sie nochmal den Fuß in mein Haus setzt, will ich erwidern, doch da fällt mir ein, wenn ich eine Mafiaperle verärgere, hab ich vielleicht bald keine Fenster mehr zum Putzen.

’ne Putzfrau loswerden ist wie ’ne Scheidung. Behalten kommt manchmal billiger.

Fruitcake

Wer Fruitcake nicht mag, hat den von Großtante May noch nicht probiert. Sie serviert ihn nicht in Scheiben, sondern in Prozenten. Vier Bissen und man ist bis Neujahr blau.

»Hast du ans Aroma gedacht?«, fragt Tante May und wischt sich die Hände an der Schürze ab.

Ich stelle den Karton auf den Tisch und nehme die Flaschen heraus. So viel ich verstehe, liegt das Geheimnis eines Fruitcake in seiner Saugfähigkeit. Tante Mays Fruitcake saugt wie Pampers.

»Tupperware ist das Beste seit Erfindung der Klospülung«, sagt Tante May und kippt eine halbe Flasche Aroma über einen Fruitcake. »Mutters Fruitcake fraß sich durch die Kuchendose.«

Damals kam das Familienaroma aus einem Destillierapparat in der Grube hinterm Schuppen. Es diente rein medizinischen Zwecken.

Ich will gerade die leeren Flaschen raustragen, als Tante Mays Nachbar von nebenan an mir vorbeistürzt. »Miss May!«, donnert Mr Montgomery. »Dieses Jahr schaue ich mir diesen Kitsch nicht an!«

Beunruhigt inspiziere ich durchs Küchenfenster Tante Mays Krippe. Zwischen Josef und den Hirten hält der alte Santa fröhlich Wacht. Um den Kitschfaktor zu erhöhen, hat

Tante May meine alte Babypuppe zum Jesulein umfunktioniert und die Heiligen Drei Könige mit Goldketten und großen Ohrringen ausstaffiert.

Das Lametta flattert, das Jesulein strampelt mit allen vieren, Santa bimmelt mit den Glöckchen, Rentier Rudolphs rote Nase blinkt und die Heiligen Drei Könige erinnern an Rapmusiker von der South Side – der Vorgarten sieht aus wie die Bourbon Street zu Mardi Gras.

»Das ist festlich!«, ruft Tante May beleidigt.

»Das ist obszön«, faucht Mr Montgomery mit puterrotem Kopf.

Mit geballten Fäusten stehen sie sich gegenüber wie zwei Kampfhähne. Dann setzt Tante May plötzlich ihr betörendes Südstaatenlächeln auf und gurrt: »Fruitcake, Mr Montgomery?«

Ich stamme von Frauen ab, die der Überzeugung sind, im Nahen Osten würde Frieden herrschen, wenn die Backwaren besser wären.

Tante May sticht einen Klumpen Kandierte-Früchte-Pampe ab, klatscht ihn auf einen Teller und reicht ihn dem Nachbarn.

»Saftig ist er«, bemerkt Mr Montgomery und wiegt den Teller in der Hand. »Ist er gesegnet?«

»Vom Reverend Jack Daniels persönlich«, versichert Tante May mit gefalteten Händen.

Nach dem See zu urteilen, in dem er schwimmt, wäre *getauft* zutreffender.

Mr Montgomery schiebt skeptisch den ersten Bissen in den Mund, dann schlingt er den Fruitcake hinunter und spült mit einer Tasse von Tante Mays Eierlikör nach – der aus circa 10 % Eiern und 90 % Likör besteht.

»Es ist nicht Ihre Schuld, Miss May«, meint er und wischt sich den Mund an einer Weihnachtsserviette ab, »es liegt in der Natur der Frau.«

»In der Natur der Frau«, wiederholt Tante May.

»Eva«, nickt Mr Montgomery feierlich. »Ohne Mann wird eine Frau wieder zur Barbarin.«

Worauf ihm meine jüngferliche Tante – deren legendäre Karamelltorten den Westflügel der Cumberland Presbyterian Church finanziert haben – ein zweites Stück Fruitcake hinschiebt.

Schmatzend wirft er ihr einen argwöhnischen Blick zu, als befürchte er, sie habe hinter der Kaffeemaschine den Baum der Erkenntnis versteckt.

»Dieser Fruitcake ist wirklich ... aromatisch.«

Tante May gießt ihm Eierlikör nach.

Als sie ihn schließlich hinauskomplimentiert, schaufelt er sich noch schnell etwas Proviant in einen Pappbecher.

»Kommen Sie wieder«, trällert Tante May und schubst ihn auf die Veranda.

Wir drücken die Nasen ans Fenster und sehen zu, wie Mr Montgomery im Zickzack durch den Vorgarten torkelt.

»Der Junge verträgt keinen Fruitcake«, meint Tante May indigniert.

An der Krippe bleibt Mr Montgomery stehen. Stark schwankend holt er plötzlich aus und versetzt Santa einen Kinnhaken.

Santa geht zu Boden. Nach einigen Sekunden kommt er langsam wieder hoch.

Aug und Mund weit aufgerissen starrt Mr Montgomery ihn an, als würde er Zeuge der Auferstehung.

»Du hast Santa mit Gummiseilen befestigt«, sage ich.

»Der Wetterbericht hat Sturmböen angekündigt.«

Santa bekommt immer mehr Schwung, springt einen Schritt zurück wie Muhammad Ali und versetzt Mr Montgomery einen Nasenstüber. Mr Montgomery torkelt rückwärts, stolpert über die Pappkuh, die Tante May aus dem

Müllcontainer gerettet hat, und landet vor Marias rubinroten Zehennägeln.

Das Jesulein strampelt, Santa bimmelt, Rudolph blinkt und Mr Montgomery stiert mit verblüfftem Gesicht in die Luft.

»Gottes Wege sind unergründlich«, seufzt Tante May.

Die Busfahrerin

Meine Mutter war multikulti, als der Rest der Welt noch nicht einmal davon gehört hatte. Sie sammelte Leute wie Briefmarken – je exotischer der Stempel, desto besser. Sah man wirklich mal einen hellhäutigen Protestanten bei uns im Haus, fragte er höchstens nach dem Weg.

»Wer ist das im Esszimmer?«, fragte Dad und schielte um die Ecke.

»Hare Krishnas«, antwortete ich, in ›Star Trek‹ vertieft.

Auf dem Plüschteppich räkelten sich Frauen mit Glöckchen an den Zehen und Glatzköpfe in weißen Kutten. »Ommmm ommmmm«, summten sie, dass das Kristall im Porzellanschrank klirrte.

»Wo kommen diese Leute her?«, stammelte Dad.

»Vom Flughafen«, sagte ich, den Vulcaniergruß übend.

Als überzeugter Trekkie fand ich es ganz normal, dass unser Haus als Raumstation für Außerirdische diente.

Dad hingegen vertrat die Ansicht, Fremde gehörten in ihre natürliche Umgebung, wobei Dad jeden als »fremd« definierte, der kein Blutsverwandter war (plus einige, die es waren, sich aber aus irgendeinem Grund disqualifiziert hatten).

Die einzige Ausnahme von dieser Regel hatte Dad bei einer attraktiven Dame mit Akzent gemacht. Aber das ist eine andere Geschichte.

Manchmal kam Mutters magnetische Wirkung auf schräge Typen sehr gelegen.

Maddie (was, wie Lee Whippermans Mom sagte, eine Abkürzung für *tollwütige Hündin* ist) fuhr unseren Schulbus. Sie erinnerte an einen Pitbull mit Zigarre in den Lefzen, nur fehlte ihr das gewinnende Wesen des Pitbulls.

Die meisten Schulbusfahrerinnen waren fröhliche, rotbackige Mamis auf der Suche nach einem Teilzeitjob. Maddie hingegen war eine Gewerkschaftlerin, die, so wurde gemunkelt, Chicago unter mysteriösen Umständen verlassen hatte. Wir waren der einzige Schulbus im Land, dessen Kinder Raucherhusten hatten und Jimmy Hoffa für den Vater der Nation hielten.

»Hey! Du da mit dem Pu-der-Bär-Tornister!«, pflegte Maddie in den Rückspiegel zu brüllen. »Pflanz deinen *Arsch* auf den Sitz, sonst schmiern sich die Fische dein Gedärm aufs Butterbrot!«

Maddie mochte einen oder sie mochte einen nicht. Und wenn sie einen nicht mochte, konnte man sich die Lunge aus dem Leib rennen – man erwischte den Bus nie wieder.

Ich tat alles, um so wenig aufzufallen, wie es einer übergewichtigen Zehnjährigen mit Hornbrille auf der Nase und ›Bullfinchs Mythologie‹ unterm Arm möglich war. Doch eines Tages merkte ich, dass Maddie mich im Rückspiegel anstarrte, und wusste, dass ich fällig war.

»Du erinnerst mich an eine Streikbrecherin, die ich mal kannte«, sagte sie und zog die Luft durch die Lücke zwischen ihren Schneidezähnen. Ich wusste nicht, was eine Streikbrecherin war, aber ich ahnte, dass es nichts Gutes bedeutete.

»Die Busfahrerin wird sich mein Gedärm aufs Butterbrot schmieren«, informierte ich Mom.

Moms Lösung war, mich mit einer Tasse Kaffee an die Haltestelle zu schicken.

»Kleiner Bestechungsversuch, was?«, fragte Maddie und blähte die Nüstern.

Ich wusste auch nicht, was Bestechung war, aber anscheinend war es äußerst wirkungsvoll. Maddie ließ mich einsteigen.

Nach einer Woche Kaffeeservice tauchte Maddie eines Morgens vor dem Dienst bei uns auf, stellte den Schulbus in die Einfahrt und kam rein, um mit Mom zu frühstücken.

»Wer ist das im Esszimmer?«, fragte Dad und schielte um die Ecke.

»Die Schulbusfahrerin«, antwortete ich und packte meine Mr-Spock-Pausenbox.

»... Falls Ihnen jemals einer Ärger macht«, sagte Maddie zu Mom und drückte die Zigarette in den Resten ihres Rühreis aus, »sagen Sie mir Bescheid.«

»Wo kommen diese Leute her?«, stammelte Dad.

Aus einem Gewerkschaftssaal weit, weit weg.

Talkshow

Buchvorstellungen sind wie Wahlkampfveranstaltungen. Nachdem alles gesagt und getan ist, kann man getrost die Augen schließen, die Lippen spitzen und das Baby küssen.

»Was ist das für 'ne Fernsehsendung?«, frage ich. Mein Rückflugticket ist nach Washington D. C. ausgestellt.

»Nichts Besonderes«, sagt meine Presseagentin und schiebt mich durch die Halle. »Nur 'ne kleine Round-Table-Diskussion.«

»Wer ist sonst noch dabei?«

»Niemand, den du kennst«, versichert sie mir und drischt auf den Aufzugknopf.

»Worüber sollen wir reden?«

»Nichts Wichtiges«, sagt sie und schiebt mich in den Aufzug.

Meine Presseagentin faltet die Hände und lächelt huldvoll.

»Ich bin geliefert, oder?«, frage ich.

»Alles in Butter«, antwortet sie, als sich die Aufzugtüren schließen.

Ehrlich gesagt habe ich wenig Bammel vor einer politischen Diskussion. Nach dem, was ich im Fernsehen gesehen habe, braucht man lediglich eine Meinung. Fakten, Zahlen und Geschichtskenntnisse stören nur.

Trotzdem beschließe ich angesichts des bevorstehenden

Auftritts im öffentlichen Fernsehen mich schlau zu machen. »Wie lautet Ihre Prognose für die nächsten Präsidentschaftswahlen?«

»Gore wird in den Vorwahlen keinen ernsten Gegner haben. Mit Senator Fred Thompson wird man aufgrund seiner Ausstrahlung und seiner Erfahrung als Schauspieler rechnen müssen«, meint Tefarria, meine äthiopische Taxifahrerin.

Mit diesem Insiderwissen bewaffnet kann ich es kaum erwarten, die Stadt zu stürmen.

Cheryl, die Produzentin von ›Dennis Wholey's America‹, empfängt mich in der Eingangshalle, mustert mich mit einem Blick und sagt: »ich glaub, wir gehn erst mal in die Maske.«

Debbie, die Maskenbildnerin, mustert mich mit einem Blick und holt Farbrollen und Spachtel hervor.

»Haben Sie schon mal daran gedacht, sich die Haare zu schneiden?«, meint sie beiläufig, während sie die erste Schicht Grundierung aufträgt, »... und sich die Nase um ein paar Zentimeter zu kürzen?«

Ein letztes Brutzeln mit der Brennschere, dann tritt Debbie einen Schritt zurück, damit ich mein Spiegelbild betrachten kann. Ich sehe aus wie Betty Boop. Debbie nimmt mich am Arm (da ich leichte Schwierigkeiten habe, mit fünf Pfund Make-up den Kopf hoch zu halten) und führt mich in die Gästelounge mit der Anweisung, das Gesicht nicht zu bewegen, bis ich trocken bin.

Hier loungen meine Diskussionspartner: Pat Schroeder, seit zwanzig Jahren Kongressabgeordneter von Colorado, Geraldine Ferraro, die erste weibliche Kandidatin für das Amt des Vizepräsidenten, Ben Wattenberg, Moderator der Fernsehshow ›Ben Wattenberg's Think Tank‹ und E.J. Dionne, eine politische Kolumnistin.

Allmählich schwant mir, um was für eine Sendung es sich

handelt – eine Art intellektuelles ›Politically Incorrect‹ –, und ich bin die Inkorrekte.

Als Cheryl herumgeht, um uns vorzustellen, versuche ich sämtliche Einzelheiten zu behalten, aber entweder versagt mein Kurzzeitgedächtnis oder ich bin high vom Haarspray. Ich versuche nicht einzuatmen.

»Und last, but not least haben wir Ron Canada«, sagt Cheryl stolz. »Ron hat am Kennedy Center den ›Othello‹ gespielt.«

Dem Himmel sei Dank, ein Schauspieler. Jeder weiß, dass Schauspieler ein Textbuch brauchen wie Duracell-Häschen Batterien. Wenigstens bin ich nicht die Klassendümmste.

»Bevor er Schauspieler wurde, war Ron Nachrichtenmoderator hier in Washington«, erklärt Cheryl. »Es gibt wohl nicht viel, was Sie nicht über Capitol Hill wissen, stimmt's?«

Jemand soll mich einbetonieren und im Potomac versenken.

»Wie lief's?«, fragt Sweetie, als ich ihn vom Flughafen anrufe.

»Ich wirkte wie eine naive, ignorante Vollidiotin mit Minus-IQ«, stöhne ich.

»Das hat dich doch noch nie gestört«, meint Sweetie.

Ich hebe die Faust zum Himmel. »Gott ist mein Zeuge. Ich will nie wieder einen Politiker kritisieren!«

Read my lips.

Alte Liebschaften

Alte Liebschaften sind wie Socken. Immer statisch geladen, und das Gegenstück fehlt.

»Was meinst du damit, eine von Sweeties Exfreundinnen kommt zu Besuch?«, fragt Mom.

»Sie ist auf der Durchreise und will vorbeikommen«, antwortete ich, den Hörer zwischen Kinn und Schulter geklemmt.

Schweigen am anderen Ende der Leitung. Mom überlegt, welchen Rat sie mir geben soll.

»Zieht um.«

Ich weiß nicht, woher das kommt, aber jede Frau, mit der Sweetie mal was hatte, taucht irgendwann wieder auf seinem Radarschirm auf. Wenn die Zwischenlandungen sich häufen, brauchen wir bald einen Fluglotsen.

Trotzdem macht man sich natürlich Gedanken über die Verflossenen. Ob das, was sie *nicht* sind, etwas darüber aussagt, was man selbst ist. Doch vor allem fragt man sich, ob man sexy genug ist, sie von der Rollbahn zu fegen.

»Ich bin froh, dass ich einen Mann habe, auf den die Frauen scharf sind, selbst wenn die Sache längst vorbei ist. Das hält jung.«

»Schätzchen, der Fisch hat schon beim ersten Mal kaum angebissen«, sagt Mom sarkastisch. »Und, offen gesagt, deine Blinker werden langsam rostig.«

»Mutter! Die Frauen von heute sind keine Jäger und Fallensteller.«

»Weil die Frauen von heute zu Hause hocken und ›Ellen‹ anschauen.«

»Wenn Sweetie sie mochte«, sage ich voller Selbstvertrauen, »mag ich sie bestimmt auch.« Manchmal bin ich so cool, dass ich 'ne Gänsehaut kriege.

»Schaust du ›Ellen‹ an?«, fragt Mom.

In diesem Moment höre ich einen Wagen in die Einfahrt fahren.

»Nun?«

Ich linse durch die Jalousie. »Sie fährt einen neuen Mercedes.«

Die Autotür geht auf, und ein Paar Beine schwingt sich ins Blickfeld.

»Nun?«

Reich, schlank, gebildet, brünett . . .

»Au weia«, murmle ich.

»Ich komme«, kreischt Mom. »Lass sie nicht rein, bis ich da bin.« Mom lebt an der Westküste und fliegt aus Prinzip nicht. Bis sie hier ist, hängt Sweetie ausgestopft über der Gesundheitsmatratze dieser Dame.

Während Mom in der Kathedrale für mich eine Kerze anzündet, begrüße ich Sweeties Verflossene an der Tür. Im Vorbeigehen drückt sie mir den Silberfuchs in die Hand, als sei ich der Jagdaufseher.

»Scotch on the rocks mit einem Spritzer Drambouie«, sagt sie, bevor ich ihr etwas anbieten kann.

Rein zufällig will Sweetie dasselbe.

Sie sieht mich an, rührt ihren Drink mit dem Finger um und leckt langsam den Diamanten ab. »Ich hab Sie mir anders vorgestellt.«

Ich mich mir auch. C'est la vie.

»Sie sind so ...« – auf der Suche nach dem richtigen Adjektiv legt sie den perfekt frisierten Kopf schief – »erdig.«

Hin und wieder lernt man eine Frau kennen, mit der man sofort eine Art Seelenverwandtschaft verspürt. Und dann gibt es Frauen, die man in kleine Stücke hacken, mit Schmelzflocken mischen und an die Katze verfüttern möchte.

»Mom«, seufze ich, als Sweetie seine Ex zum Wagen bringt, »wie kann ein Mann sich zu zwei so unterschiedlichen Frauen hingezogen fühlen?«

»Es kommt nicht auf den Köder an«, sagt Mom, »es kommt drauf an, wie man ihn baumeln lässt.«

In dem Moment scheint die Verflossene ihre Zunge wie einen Regenwurm in Sweeties Rachen baumeln zu lassen.

»Und ein Grundling«, fügt sie hinzu, »schnappt nach allem.«

Die Immobilienmaklerin

»Und das«, sagt die Immobilienmaklerin, während sie die Türklinke mit Lysol einsprayt, »ist der ultimative Kick.«

Meine Cousine und ich machen die Tür auf und wanken in die Diele des nächsten Hauses. Ich habe Cuz versprochen ihr bei der Haussuche zu helfen, doch ich muss gestehen, nach zwei Wochen Klinkenputzen komme ich mir vor wie ein Zeuge Jehovas.

»Beachten Sie das schöne Parkett und den Kamin«, sagt die Maklerin mit einer weit ausholenden Handbewegung und schreitet energisch durch den Raum.

»Oh«, sagt Cuz und streicht mit der Hand über den Kaminsims.

»Reizend, nicht wahr?«, strahlt die Maklerin.

Man weiß, dass man die Endphase der Haussuche erreicht hat, wenn der Makler ein Astloch als picassoesk bezeichnet und man bereitwillig beipflichtet.

»Warum steht ein Bett im Esszimmer?«, frage ich, durch eine Glastür linsend.

»Die Vorbesitzerin muss es beim Umzug vergessen haben«, zwitschert die Maklerin.

»Es ist am Boden festgenagelt.« Ich sehe mir die zehn Zentimeter langen Nägel an den Bettpfosten an. Das Einzige, was das Ding von der Stelle bewegt, ist ein Exorzismus.

»Mit etwas Holzkitt lässt sich das problemlos reparieren«, versichert die Maklerin meiner Cousine.

Wir steigen die Treppe hinauf und kommen zu dem, was die meisten Frauen als den wichtigsten Raum des Hauses betrachten.

»Schauen Sie sich nur das riesige Badezimmer an!«, ruft die Maklerin und bittet uns einzutreten.

»Wow!«, sagt Cuz, »ein Whirlpool!«

»Groß genug für drei«, meint die Maklerin.

»Was war die Vorbesitzerin eigentlich von Beruf?«, frage ich, während Cuz in die Wanne steigt, den Kopf zurücklegt und ein heißes Bad nach einem harten Tag simuliert.

»Ich glaube« – die Maklerin legt den kecken Kopf schief und tippt mit dem perfekt manikürten Finger an die kussfest geschminkten Lippen – »sie hat von zu Hause aus Ferienzimmer vermietet. Warum fragen Sie?«

»Och«, sage ich beiläufig, »es kommt nicht oft vor, dass ein Schlafzimmer mit einer Minibar und einem Kondomspender ausgestattet ist.«

»Gehen wir weiter«, trällert die Maklerin und winkt uns nachzukommen.

Aneinander geklammert tasten Cuz und ich uns in dem schummrigen Flur voran. »Wenn sie stärkere Birnen einsetzen würden«, flüstert Cuz, »bräuchten sie die Türen nicht zu nummerieren.«

»Was ist in diesem Zimmer?«, frage ich und bleibe vor Nr. 3 stehen, das die Maklerin im Vorbeigehen offensichtlich übersehen hat.

Cuz und ich machen die Tür auf und erstarren.

»Die Vorbesitzerin sammelte antikes Schmiedeeisen«, erklärt die Maklerin. Cuz legt die Handgelenke in ein bezauberndes Beispiel antiker Schmiedekunst, das von der Wand baumelt. Ich tippe auf spanische Inquisition.

»... und Leder«, ergänzt die Maklerin, als ich eine schwarze Ledermaske mit ellbogenlangen Handschuhen und kniehohen Stiefeln in die Höhe halte.

»Liegen Folterkammern nicht normalerweise im Keller?«, fragt Cuz und dreht das Rad an der Streckbank.

»Vielleicht ist das die Gästefolterkammer«, sage ich.

»Wollen wir uns den Rest des Hauses anschauen?«, drängt die Maklerin, als Cuz und ich die Tropfkerzen, Federn und ein schlichtweg bezauberndes Paar mit falschen Diamanten besetzte Handschellen bewundern.

»Ich glaube, das ist nicht nötig«, sage ich und steuere den Ausgang an.

»Nun«, sagt die Maklerin und reicht mir einen Zettel, »das ist das Angebot.«

»Das blinkende Rotlicht an der Straßenseite entfernen Sie«, sage ich und zähle die Nullen nach, um sicherzugehen, dass ich keine übersehen habe.

»So gut wie erledigt«, sagt die Maklerin und notiert es auf ihrem Klemmbrett.

»Und«, ergänzt Cuz, »im Kaufvertrag wird festgelegt, dass das gesamte Inventar inbegriffen ist.«

Wir drehen uns um.

»Hey«, meint Cuz Peitschen schwingend, »ich bin allein erziehende Mutter mit zwei Teenagern!«

Das Vogelhaus

Sweetie nennt Vogelhäuser ornithologische Sozialbauten. Er sagt, es ist nur eine Frage der Zeit, bis kerngesunde Vögel ihre Arbeitsmoral verlieren und mit dem aufhören, was Vögel eben tun.

Sweetie und ich sind auf der Gartenschau, wo alljährlich Horden von Gartenfreaks feierlich geloben, sich in Vogeldung zu wälzen und in Blühwunder zu baden, und den Eid auf den Bauernkalender leisten.

Für mich persönlich ist es die schönste Schau der Welt. Wo sonst hört man einen vierstündigen Vortrag zum Thema »Wie gestalte ich aus einem Kohlkopf ein preisgekröntes Blumenarrangement«.

Während Sweetie gegen Traktorreifen tritt und sich mit seinesgleichen über Rasenmäher unterhält, zieht es mich zum Gartenzubehör.

Wie schon in den vergangenen drei Jahren habe ich mir vorgenommen das perfekte Vogelhäuschen aufzutreiben – ein Vogelhäuschen, in dem ich wohnen würde, wenn ich ein Vöglein wär. Laut Sweetie habe ich ein Spatzenhirn, mir fehlt nur der dazugehörige Magen.

Der erste Stand sieht aus wie ein Trailerpark für Sparwütige. Die Vogelhäuschen sind aus recycelten Tomatendosen gestanzt und von einem Roboter lackiert. Wenn der

Händler auf einen Knopf drückt, fliegt wie bei einem Schachtelteufel der Deckel auf. »Zum schnellen Saubermachen«, sagt er, dreht das Ding um und klopft gegen den verrosteten Boden.

Ehrlich gesagt dachte ich eigentlich nicht an Vögel, die sich mit einer drittklassigen Knutscherei in einer Rostlaube mit Arkansas-Kennzeichen zufrieden geben.

Am nächsten Stand preist der Verkäufer eine Art Klohäuschen an. »Kann als Vogelhaus benützt werden ... oder als Klopapierhalter«, sagt der Verkäufer und steckt eine Rolle Softex auf die Stange.

Ich gehe weiter, bevor er noch mehr Hygieneartikel aus dem Häuschen zieht.

»Ein Vollgummivogelhaus?«, frage ich am nächsten Stand.

Der Verkäufer knallt das Vogelhaus auf den Boden, es schnellt ihm zurück in die Hand.

»Sie haben noch nie 'n echten Vogel gesehen, oder?«, frage ich.

Aber 'ne Meise hat er.

In der Kolonialstilvilla tummeln sich ausgestopfte Kardinäle in Kostümen aus ›Vom Winde verweht‹. Ein Vogelhaus sagt viel über seinen Erbauer. Dieser Kuckuck gehört in die Gummizelle.

Nachdem ich schon den ganzen Tag gärenden Mulch einatme, kann ich fast nicht mehr geradeaus gehen. Deshalb halte ich es zunächst für eine Halluzination. Im nächsten Stand ist nur ein einziges Vogelhäuschen übrig – und es ist perfekt.

Wilder Wein windet sich um knorriges Zedernholz, grünes Moos überzieht die Rindenwände, als ob es dort gewachsen wäre. Ich muss mich schwer zurückhalten, damit ich mich nicht auf meinen Bürzel hocke und ein Ei lege.

Ich bin gerade dabei, das Scheckbuch zu zücken, als rechts

neben mir eine Frau angeflattert kommt. Sie gurrt mein Vogelhaus an wie eine Brieftaube.

»Wer's findet, darf's behalten«, erkläre ich und schnappe mir das Vogelhaus.

»Ich zahle Ihnen den doppelten Preis«, sagt die Frau zum Händler.

»Tut mir leid«, meint der und entwindet uns das Vogelhaus. »Unverkäuflich.«

»Was soll das heißen, unverkäuflich?!«, protestieren wir unisono.

»Ausstellungsstück.«

»Wie Sie wollen!«, giftet die Frau. »Dann nennen Sie mir den Hersteller und ich bestell mir eins im Internet.«

»Es gibt keinen Hersteller«, sagt der Händler, »das is 'n echtes Nest.«

»Ein *echtes*?«, würgt die Frau und fängt an sich zu lausen.

»Wow!« Ich sehe mir das Nest genauer an. »Sie meinen, das hat ein Vogel gebaut?«

»Ob Sie's glauben oder nicht, es gibt immer noch Vögel, die nicht in Sozialbauten leben.«

Beim Frisör

»Ich kann Sie zehn Jahre jünger machen«, flüstert er mir ins Ohr.

Mein Frisör meint, ich sei zu alt für lange Haare. Wo ist die Zeit geblieben? Es kommt mir wie gestern vor, dass Mom mir eine Schleife auf den Kahlschädel klebte, damit die Leute nicht glaubten, sie stille eine Kegelkugel.

Wange an Wange betrachten Sergie und ich mein Spiegelbild. Die Haare sind für mich das geringste Problem. Es gab Zeiten, da wäre ich mit so ’nem beschissenen Aussehen nicht mal ins Bett gegangen.

»Ich kann die Haare nicht abschneiden, Serge. Sie sind mein einziges Kapital.«

»Dann können Sie Konkurs anmelden.«

Ich mag’s pflegeleicht. Im Prinzip besteht meine Haarpflege darin, das ganze Gestrüpp irgendwie zu einem Knoten zu binden. Wenn was raussteht, hacke ich’s ab. Ich brauche wohl nicht zu erwähnen, dass Sweetie sein Kapital akribisch anlegt.

»Ein Schnips hier, ein Schnips da«, lockt Serge und klappert mit der Schere wie mit Kastagnetten. »Sie werden nichts spüren.«

»Werd ich mich mit kurzen Haaren noch sexy finden?«, frage ich und beiße mir auf die Lippe.

»Ich bitte Sie!« Serge verdreht die Augen. »Erinnern Sie sich an Sharon Stone? Jahrelang ein langhaariger Nobody. Dann legt sie sich einen flotten Kurzhaarschnitt zu und voilà – ›Basic Instinct‹.«

Sweetie hat ›Basic Instinct‹ sechsmal gesehen. Er hat nicht ein einziges Mal von Sharon Stones Frisur geschwärmt, als er aus dem Kino kam.

»Sweetie mag kurze Haare nicht«, sage ich und knabbere an einem Fingernagel. »Er steht nicht auf GIs, sagt er.«

»Tja«, meint Serge beleidigt, »jedem das Seine.«

Wem soll eine Frau glauben? Ihrem modebewussten Frisör oder ihrem Sweetie – dem Mann, der nicht das Geringste dabei findet, zu weißen Tennisshorts schwarze Seidensocken zu tragen?

»Meiner Exfrau ist es auch schwer gefallen, sich die Haare abzuschneiden«, sagt Serge und legt mir einen fliederfarbenen Umhang um.

»Sie waren verheiratet – mit einer Frau?«, frage ich ungläubig.

»Die Kleine hatte es noch nie so gut«, seufzt Sergie und stopft mir ein Handtuch zwischen Umhang und Hals. »Ich habe gekocht. Geputzt. Ihr den Schnurrbart gewichst.«

Sergie hebt mein Kinn hoch und untersucht meine Oberlippe auf Pfirsichflaum. Es ist nur eine Frage der Zeit, bis ich zum Schneiden und Rasieren komme.

»Warum hat es nicht geklappt?«, frage ich. »Lag es daran, dass Sie ... Frisör sind?«

»Ich würde sagen, das war wahrscheinlich der Tropfen, der das Fass zum Überlaufen brachte.«

Serge zieht die Haarnadeln aus meinem Knoten, mein Haar fällt so schlaff herab wie ein Lappen. Er hält die Luft an, steckt die Faust in den Mund und beißt sich in die Knöchel.

»Sssssweet Bette Davis«, japst er. Er kneift die Augen zusammen und beugt sich zu mir herab, um sich die Sache aus der Nähe anzusehen. »Was ist denn das?«, fragt er streng und nimmt ein mehrfach gebleichtes Büschel zwischen die Finger, das Ergebnis einer misslungenen Strähnchenaktion.

»Warum kaufen Sie sich nicht gleich einen Arztkoffer im Supermarkt und operieren sich die Nase selbst?«

Kriegt man da so was?

Bevor ich weiß, wie mir geschieht, hat Serge in der einen Hand die Schere und in der anderen ein Büschel Haare. »Wenn's vorbei ist, werden Sie mir dankbar sein«, sagt er und stopft meine Haare in die Schere.

Mit angehaltenem Atem starre ich mich im Spiegel an. Ich soll mit einem Schnipp in eine elegante, kultivierte, konservative Lady verwandelt werden ... genau das, was Sweetie an Frauen am wenigsten schätzt.

»Warten Sie!«, schreie ich.

»Aaaaaah!«, schreit Serge zurück und fasst sich ans Herz.

»Ich kann nicht!«, schluchze ich. »Ich bin, wie ich bin.«

»Oohh!«, stöhnt Serge und lässt die Schere sinken. »Dasselbe hab ich meiner Exfrau auch gesagt!«

Ein ehrenwerter Jagdhund

»Reine Zeitverschwendung!«, sagt Sweetie und schiebt einen Baumstamm aus dem Weg. »Ein guter Jagdhund würde einer Katze nie etwas zuleide tun.«

»Sweetie«, sage ich und erschlage eine Mücke, »du kannst doch einen Weimaraner nicht von einem Hamburger unterscheiden.«

Es ist mitten in der Nacht. Sweetie und ich hacken uns durch Brombeerbüsche und Dornengestrüpp auf der Suche nach Kater. In der Ferne laufen Jagdhunde durch den Nebelwald unseres Bauernhofs und heulen wie der Hund von Baskerville.

»Wie unterscheidet man einen guten Jagdhund von einem missratenen?«, frage ich schimpfend und schnaubend, während ich hinter Sweetie den Hügel hinaufklettere. »Heulen Sie mit Oxford-Akzent?«

»Kater kommt allein zurecht«, ruft Sweetie nach hinten. »Er klettert einfach auf einen Baum.«

»Hör auf!«, keuche ich. »Wenn er noch ein Gramm zunimmt, müssen wir ihn mit dem Kran ins Katzenklo hieven.«

Ich hab nichts gegen die Jagd. Ich hab nur ein Problem mit betrunkenen Rednecks, die ihre Höllenhunde zwischen Mitternacht und drei Uhr morgens durch unseren Garten hetzen.

Außerdem hat Kater keinerlei Ähnlichkeit mit einer bekannten Spezies. Er hat keinen Schwanz und eine Figur wie Flubber. Wenn dieser Fellklumpen auf einem Baumstamm auf mich zurobben würde, ich würd ihn abknallen.

Endlich sind wir oben. Während ich mich vor Seitenstechen krümme und Blut spucke, legt Sweetie wie ein Beagle den Kopf schief und spitzt die Ohren.

»Du gehst in die Richtung«, sagt er und deutet in völlige Finsternis.

Ich will Sweetie gerade sagen, wo er hingehen kann, da durchdringt ein markerschütterndes Geheul die Luft. Hals über Kopf stürze ich in das schwarze Loch.

Ich schlage mich mit der Taschenlampe durch die Heidelbeeren, wate durch einen eiskalten Bach und die Fantasie geht mit mir durch.

Ich sehe Kater zitternd auf einem Ast sitzen. Unter ihm schlagen katzenmordende Bestien mit Schaum vor dem Mund im Gulaschdelirium die Pranken in den Baum und schnappen nach ihm. Währenddessen reichen debile Neandertaler, deren besoffenes Gelächter durch die Senke hallt, den Humpen herum.

»Was meinst 'n, was das is, Hubba?«, fragt Bubba und kratzt sich die Wampe unterm Kittel.

»Sieht aus wie 'ne Riesenzecke mit Pelzbesatz«, sagt Hubba und spuckt Tabaksaft durch die Lücke in seinen Schneidezähnen.

»Zum Teufel, knallen wir das verdammte Vieh ab und verfüttern's an die Hunde.«

Die Fäuste geballt und bis unter die Haarspitzen mit Adrenalin voll gepumpt stürme ich in die Lichtung, bereit, mit Courage und einem Stabilo Boss bewaffnet, tollwütige Jagdhunde abzuwehren.

»He, Sie!«, brülle ich mit zusammengebissenen Zähnen.

Der Neandertaler fährt herum. Er trägt unverkennbar die zeitlos-elegante Peterman-Allwetter-Safarijacke.

»Das ist Privatgrund!«, brülle ich, leicht irritiert durch das Modestatement, aber immer noch schnaubend. »Schaffen Sie das katzenmordende Killerpack von meinem Grund!«

Mein Auftritt hat nicht ganz die erhoffte Wirkung, was ich daran erkenne, dass mir ein schlappohriger Weimaraner mit seelenvollen braunen Augen die Hand leckt.

»Madame«, erwidert der Jäger mit klassischem Oxford-Akzent, »ein guter Jagdhund würde einer Katze nie etwas zuleide tun.«

Haben Männer einen monatlichen Rundbrief, in dem sie den neusten Stuss weitergeben?

Als ich nach Hause komme, bin ich tropfnass, habe Brennnesseln im Kragen und wahrscheinlich Tetanus vom Zusammenstoß mit einem rostigen Stacheldrahtzaun. Sweetie und Kater – kein Katzenhaar gekrümmt – liegen auf der Couch und schauen ›Baywatch‹.

»Mann«, sagt Sweetie und wirft eine Handvoll Popcorn in die Gegend seines Munds, »siehst du zerfleddert aus.«

Ich würd mich ja gern dazusetzen und mitplaudern, aber mir kriecht irgendein Ungeziefer das Bein hoch und ich fürchte, seine Absichten sind weniger ehrenwert als die eines guten Jagdhunds.

General Lee

»Geht Ihnen oft das Benzin aus, meine Liebe?«, fragt Mrs Montgomery und gießt mir nach.

»Nicht mehr so oft wie früher«, antworte ich und nehme mir noch ein Stück Sandkuchen.

»Mit dem Alter kommt die Vernunft«, sagt Mrs Montgomery und nickt.

Genauer gesagt, mit dem neuen Zeitalter kamen Autos mit Tankanzeigen, die im Armaturenbrett aufleuchten. Wenn sie jetzt noch ein Modell herausbringen, das einen Elektroschock durchs Lenkrad jagt, geht mir nie wieder das Benzin aus.

»Haben Sie schon mal daran gedacht, immer mit vollem Tank zu fahren?«, fragt Mrs Montgomery und legt interessiert den Kopf schief.

»Ich lebe immer an der Grenze.« Oder am Straßengraben, wie man's nimmt.

Kurz nachdem ich beschlossen hatte über die landschaftlich reizvolle Strecke nach Hause zu fahren, strandete ich vor Mrs Montgomerys Villa aus der Zeit vor dem Bürgerkrieg. Es war, als hätte sie mich erwartet.

»Wir haben nicht mehr viel Besuch, nicht wahr, General Lee?« Mrs Montgomery tätschelt das mottenzerfressene Fellknäuel neben ihrem Stuhl.

Seit ich durch die Tür gestolpert bin, hat mich der General nicht aus den glänzend schwarzen Augen gelassen. Nach Auskunft von Mrs Montgomery ist General Lee ein reinrassiger Spitz. Für mich sieht er eher aus wie ein pelziger Piranha. Er hat spitze kleine Rattenzähne und trotz der lackierten Zehennägel und des Schleifchens im Haar riecht er wie etwas, das die Katze angeschleppt hat.

»Kommen Ihre Kinder nicht zu Besuch?«, frage ich und trinke einen Schluck Tee.

»Leider«, seufzt Mrs Montgomery, »konnte keiner meiner Männer Kinder zeugen.«

»Männer?«

»Sieben.« Mrs Montgomery hält sieben diamantberingte Finger hoch. »Ich habe sieben Ehemänner überlebt und sechs Spitze, nicht wahr, General Lee?«

»Wow! Ich wüsste keine sieben Männer, mit denen ich ’ne Cola geteilt hätte.«

»Nun, meine Liebe«, sagt Mrs Montgomery und beugt sich, den Finger am Kinn, über den Keksteller, »Männer sind wie Benzin. Ich habe Super und Normal ausprobiert, es gibt nicht für einen Cent Unterschied zwischen ihnen.«

Sie sucht sorgfältig einen Keks aus und steckt ihn dem Spitz ins Maul. »Makrone, General Lee?«

Der General sieht mich grimmig an und macht sich nicht mal die Mühe, die Krümel abzulecken.

»Alle meine Männer haben hier mit mir gelebt«, sagt Mrs Montgomery, mit dem Keks gestikulierend. »Ihre Porträts hängen bei mir im Schlafzimmer.«

»Sie haben mit sieben Ehemännern im selben Bett geschlafen, umgeben von den Porträts Ihrer Verblichenen?«

Kein Wunder, dass Mrs Montgomery keine Kinder hat. Sweetie nimmt es schon den Wind aus den Segeln, wenn er das Gefühl hat, Kater sieht zu.

Da unsere Unterhaltung auf Schulmädchenniveau gerutscht ist, wage ich den Geruch zu erwähnen.

»Mrs Montgomery«, sage ich und beuge mich zu ihr. »Was ist das für ein Geruch?«

Mrs Montgomery hebt die Nase noch höher und schnuppert. »Das ist der Geruch von altem Geld, meine Liebe«, antwortet sie und knabbert vornehm an General Lees haarigem Keks. »Leute mit altem Geld haben einen ganz bestimmten Geruch ... wie Leute mit Katzen.«

Ich grabe die Nase ins T-Shirt. Wenn es einen leichten Katzengeruch hat, ist er bestimmt von Sweeties Zigarettenrauch und einem Hauch Taco Bell überdeckt.

»Mein dritter Mann sagte immer, er rieche den Schweiß an seinem Geld«, erzählt Mrs Montgomery erinnerungsselig.

Das war wohl eher die Spucke, vom Zinsenzählen.

Ich bemerke, dass draußen vor dem Fenster Bussarde kreisen. »Ehrlich gesagt hat der Geruch eher was von einem Tierkadaver.«

Mrs Montgomery überlegt und blickt zu General Lee hinab. Sie stupst ihn mit dem Finger an, worauf er seitlich umkippt und seine vier steifen Pfoten von sich streckt.

»Anscheinend bin ich doch nicht so stinkreich, wie ich dachte.«

Ritterlichkeit

»Deine Generation fährt im Cabrio zum Hades!«, erklärt Großtante May.

»Du bist nur neidisch, weil deine zu Fuß gehen musste«, erwidere ich und verfrachte Tante May in einen Stuhl.

Meine versammelten Großtanten treffen sich einmal die Woche zum All-you-can-eat-Krebs-Essen im City Café. Am Ende des Essens bin ich so weit, dass ich die Krebse beneide.

»Zu meiner Zeit sprach ein Gentleman nicht über das, was hinter der Tabakscheune geschah«, schimpft Tante May. »Man nannte das Ritterlichkeit.«

Heute nennt man es Meineid. Aber da der Zigarrenkonsum um 150% gestiegen ist, dürfen wir als gesichert annehmen, dass die Tabakscheune noch ihren Dienst tut.

»Ich nehm die frittierten Krebse, frittierte Maiskolben, frittierte Okraschoten und frittierte Tomaten«, krächzt Großtante Dee mit zusammengekniffenen Augen, das Menü auf Armeslänge von sich gestreckt. »Und zum Nachtisch frittierten Apfelkuchen.«

»Hush Puppies?«, fragt Loretta ohne von ihrem Block aufzusehen.

»Maisbrot«, knurrt Tante Dee und steckt die Speisekarte wieder hinter den Serviettenständer. »Dr. Jack sagt, ich muss langsam auf den Cholesterinspiegel achten.«

Dr. Jack hat Tante Dee auch gesagt, dass die Zigaretten sie noch ins Grab bringen. Daher ist sie, nachdem sie fünfzig Jahre lang zwei Päckchen pro Tag geraucht hat, auf Marlboro Lights umgestiegen und knipst den Filter ab.

»Mr James Booth hat sich mal damit gebrüstet, er hätte mich geküsst«, sagt Tante May und kippt vier Päckchen Zucker in den gesüßten Tee. »Eure Großonkel zogen das Bürschchen hinter der Scheune hervor und brachten ihm Manieren bei.«

»Hast du ihn geküsst?«, frage ich und fische ein frittiertes Sauergürkchen aus der Fettlache.

»Vielleicht, vielleicht auch nicht«, meint Tante May unter Berufung auf das Zeugnisverweigerungsrecht. »Zu meiner Zeit sprach ein anständiges Mädchen nicht darüber.«

»Ich hab ihn geküsst«, krächzt Tante Dee. »Es war, als würd ich diesen Krebs da küssen.«

Unsere Augen folgen der hüpfenden Zigarettenspitze zu dem glasäugigen Krebs an der Wand. Tante May bemerkt die Ähnlichkeit sofort.

»Mr Booth hatte einen gezwirbelten Schnauzer!«

»Und er hat ein bisschen geschuppt«, erinnert sich Tante Dee und schürzt die Lippen wie einen Wäschebeutel.

»Psoriasis«, erklärt Tante May.

»Die kalten, schleimigen Lippen werd ich mein Lebtag nicht vergessen«, krächzt Tante Dee. Beide schütteln sich gleichzeitig.

»Warum in aller Welt seid ihr dann mit ihm ausgegangen?«, frage ich und wische mir die Hände ab. Aus irgendeinem Grund ist mir der Appetit auf schlaffe Gürkchen vergangen.

»Er galt zu unserer Zeit als gute Partie«, meint Tante Dee und pafft zwinkernd ihre Marlboro.

»Er hatte ein Auto.« Tante May nippt an ihrem Tee, schüttelt sich und kippt noch zwei Päckchen Zucker hinein.

»Ein 1941er Ford Super Deluxe V-8 Cabrio«, knattert Tante Dee. »Grün wie ein Zehndollarschein.«

»Der Wagen hatte Flügel«, schwärmt Tante May und rührt ihren Sirup um.

»Man könnte also sagen, zu eurer Zeit ließen sich die Frauen durch PS verführen.«

»Nein«, widerspricht Tante Dee und schüttelt den Kopf. »Ich würde eher sagen durch Geld.«

»Altes Geld«, nickt Tante May. »Den Booths gehörten die Dinosaurier schon, bevor sie zu Erdöl wurden.«

»Was wurde aus Mr Booth?«, frage ich, das fettige Kinn in die Hand gestützt.

»Er hat ein Mädchen aus dem Norden geheiratet«, sagt Tante May.

»Nashville«, nickt Tante Dee.

»Natürlich«, meint Tante May pikiert, »hat ihn die Heirat kein bisschen gebremst.«

»Willst du einen Mann, der den Hühnerstall nicht verlässt«, knarzt Tante Dee und drückt die Zigarette im Bratfett aus, »heirate keinen Specht.«

Die Wende

Nach den Müttern meiner Freundinnen zu urteilen, durchlaufen Frauen vier Entwicklungsstadien: (1) Mann zulegen (2) Haus zulegen (3) Kind zulegen (4) Leben zulegen.

Stadium vier wird gemeinhin als Wende bezeichnet, oder mit dem medizinischen Fachausdruck *Männer-pause.*

»Ich bin hin- und hergerissen«, sagt Rosies Mutter. »Wenn du an meiner Stelle wärst, würdest du mit dem Kajak durchs Arktische Meer paddeln ... oder auf einem Kamel durch die Sahara reiten?« Klingt ziemlich abenteuerlustig für eine Frau, die mir einst drohte, Gott werde mich zu Kartoffelchips verarbeiten, weil ich einen Jungen angerufen hatte.

Ich sehe die Reisebroschüren auf dem Tisch durch und nehme einen Prospekt über Wildwasser-Rafting im Grand Canyon heraus.

»Du planst wohl 'ne kleine Reise?«

»Nein«, sagt sie fest. »'ne *große* Reise.«

Je enger die Feder, desto weiter springt sie.

In unserer Jugend war Rosies Mom eine Bilderbuchmutter. Es waren immer Kekse in der Keksdose und man konnte vom Küchenboden essen. Als alle anderen Sixties-Mütter ihre BHs verbrannten, hielt Mrs Henry an der Überzeugung fest, dass man einer Frau, die kein Haarspray benützt, die Kinder wegnehmen sollte.

Mrs Henry war immer der Meinung, ich hätte schlechten Einfluss auf Rosie. In ihren Augen war ich eine Wildkatze, die einmal ein böses Ende nehmen würde. Dafür nannte ich sie »Mis Ery«. So glaubte sie, ich hätte zu meinem unheilvollen Geschick auch noch einen Sprachfehler.

Rosies Dad steckt vorsichtig den Kopf durch die Tür und räuspert sich. »Liebes«, sagt er zaghaft, »gibt es heute was zum Abendessen?«

Mrs Henry zieht die Schultern ein, kneift die Augen zusammen und knurrt. Langsam dreht sie sich zu ihm um, worauf Mr Henry mit Augen so groß wie Suppentassen um sein Leben rennt.

Das finde ich nun doch ein wenig grausam. Nach einem Leben in Gefangenschaft kann man nicht einfach den Käfig aufmachen und dem Ehemann sagen, er soll zusehen, wo er bleibt. Das ist, als würde man einen Goldfisch auf die Straße werfen und zu ihm sagen: »Los, such dir dein Wasser selbst.«

Mrs Henry kochte täglich drei Mahlzeiten – außer sonntags und an ihrem Geburtstag, wo Mr Henry sie alle Jahre wieder in die Morrison Cafeteria ausführte.

»Das macht 41.680 Mahlzeiten«, brummt sie und beißt das Preisschild an ihrem nagelneuen Trekking-Rucksack ab, »die Torten für die verdammten Schulfeste nicht mitgerechnet.«

Rosie verschlägt es die Sprache. Sie hatte angenommen, das Hausfrauendasein sei für ihre Mutter die Erfüllung aller Träume gewesen.

Eines Morgens sah Mrs Henry in den Spiegel und erblickte statt der Göttin gebenedeiter Häuslichkeit eine Frau, deren Leben zur Hälfte vorbei war und die nichts als fünfzig Kochbücher vorzuweisen hatte.

»Das ist alles *seine* Schuld!«, brüllte sie Richtung Arbeitszimmer.

Plötzlich gehörten alle Qualitäten, die Mr Henry ursprünglich begehrenswert gemacht hatten – Stabilität, Sicherheit, das Temperament eines Zierkissens –, zu den Dingen, unter denen sie zu ersticken schien.

Völlig verwirrt von der Fremden in seinem Bett, wusste Mr Henry nicht, ob er den Partyservice oder einen Exorzisten rufen sollte.

Durchs Küchenfenster sehen Rosie und ich Mr Henry zur geschiedenen Nachbarin traben. »Die giftige Witwe«, wie Mrs Henry sie nennt, hat die Tür offen und verströmt ihren Duft durch die Nachbarschaft – Schmorbraten.

»Bleibst du lange weg?«, fragt Rosie besorgt.

Mrs Henry antwortet nicht. Wahrscheinlich, weil die Frau, die sie war, nie mehr zurückkommen wird.

»Schaut mich genau an«, warnt Mrs Henry mit unheilvoller Stimme. »Das seid ihr in zwanzig Jahren.«

Wir schaudern.

»Na ja, du nicht«, meint sie und macht eine abwertende Handbewegung in meine Richtung. »Du warst schon immer eine Wildkatze.«

Unter diesen Umständen nehme ich es als Kompliment.

Hüfthalter

»Das kann nicht jede Frau tragen«, sagt die Verkäuferin, nimmt mir das Kleid aus der Hand und hängt es zurück an den Ständer.

Wenn die Tussi 'ne Traube essen würde, sähe sie aus wie 'n schwangeres Thermometer. Mit der werd ich fertig.

Ich nehme das Kleid wieder vom Ständer. »Wir sind nicht in ›Pretty Woman‹ und ich bin nicht Julia Roberts.«

»Pech gehabt«, meint die Verkäuferin, reißt mir das Kleid aus der Hand und schweißt es am Ständer fest. »Julia Roberts hat nämlich Größe 34, und das Kleid auch.«

Ich kann Ihnen gar nicht sagen, wie aufregend die Entdeckung ist, dass ich die gleiche Kleidergröße wie Julia Roberts hatte – in der ersten Woche meiner Embryonalentwicklung.

»Das Hauptproblem sind Ihre Hüften«, sagt die Verkäuferin und mustert mich von Kopf bis Fuß mit einem Weitwinkelobjektiv. »Der Rest ist einigermaßen normal.«

Laut ›Cosmopolitan‹, dem Wissenschaftsjournal für Frauen mit Schulterpolstern als Gehirn, bin ich der »Birnentyp«. In der Sprache der Laien heißt das, ich habe die Form einer dickbäuchigen Reisetasse.

Wenn man nach der heutigen Mode geht, sind Frauen mit Hüften eine bedrohte Tierart. Eines Tages werden die Schulkinder um mein Skelett herumstehen und der Lehrer beschreibt jene längst vergangene Epoche, als Frauen mit gigantischen Hüften die Erde bevölkerten.

»Vielleicht lassen sie sich irgendwie kaschieren«, überlegt die Verkäuferin und tippt mit dem Finger nachdenklich an den Schmollmund.

Sie geht durch einen Ständer mit Bequem-Mode, zieht ein Paar Hosen heraus und hält sie mir hin. Die Taille hat exakt denselben Durchmesser wie die Hüfte.

»Verzeihen Sie«, sage ich. »Sehe ich für Sie etwa aus wie eine Boa constrictor?«

Ich habe eine Stundenglasfigur. Meine Taille ist 35 Zentimeter schmaler als die Hüfte und meine Brustweite ... na gut, vielleicht eher eine Dreiminuteneieruhrfigur.

Was ich sagen will, wenn ich mir eine Hose kaufe, die mir an den Hüften passt, hätte am Taillenbund ein VW Platz. Kaufe ich mir eine Hose, die an der Taille sitzt, muss ich zwei Hosen kaufen – eine für jedes Bein.

»Es muss hier doch was geben, was mir passt.«

Sämtliche Verkäuferinnen laufen zusammen und studieren meine Hüften wie ein Ärzteteam, das überlegt, wie siamesische Zwillinge am besten zu trennen sind. »Rein gar nichts«, ertönt es schließlich unisono.

»Wollen Sie behaupten, ich sei die einzige übrig gebliebene Frau auf der Welt mit Hüften?«

»Wissen Sie, heutzutage lässt sich so was operativ korrigieren«, meint die Kundin am Ständer nebenan.

So weit ist es also gekommen. Ich soll mir das Fleisch von den Knochen saugen lassen, um Männern zu gefallen, denen Frauen gefallen, die wie Knaben aussehen.

»Geben Sie mir das Kleid«, knurre ich verbissen.

Ich schnappe mir den Bügel vom Ständer und stürme zu den Anprobekabinen. Mit eingezogenem Kopf schlängle ich mich durch die ausgemergelten Kundinnen und boxe sie aus dem Weg wie in ›Die Nacht der lebenden Toten‹.

Ich finde eine leere Kabine, stürze hinein, schlage die Tür hinter mir zu und lege den Riegel vor. An der Wand hängt ein Schild: »Überdehnte Kleidungsstücke müssen bezahlt werden«.

Ich streife die Reeboks ab, lasse die Jeans zu Boden fallen und werfe mein T-Shirt über den Haken. Ich steige in das Kleid, wabble es in Position, ziehe den Bauchnabel bis zum Rückgrat ein und mache den Reißverschluss zu. Mit angehaltenem Atem betrachte ich mich lange und kritisch im Spiegel.

Passt wie angegossen – wenn ich ein Wienerwürstchen wär. Nicht nur die Unterhose drückt sich ab, sondern so gut wie alle lebenswichtigen Organe.

Natürlich kommt es sowieso nicht darauf an. Ich habe gerade das Preisschild gesehen. Ich kann mir den Bügel nicht leisten, vom Kleid ganz zu schweigen.

Vorbei ist vorbei

»Das war in dem Jahr, als ich ein mexikanisches Restaurant aufmachen wollte«, sagt Mom. »Aber dein Vater wollte es nicht mal in Erwägung ziehen.«

»Vielleicht, weil wir keine Mexikaner sind?«

Mit Stippvisiten auf der Straße der Erinnerung gibt Mom sich nicht zufrieden. Sie hat sich eine Anliegerwohnung gekauft und verbringt das halbe Jahr dort.

Da ich die Geschichte mit dem mexikanischen Restaurant schon hunderttausend Mal gehört habe, schweifen meine Gedanken ab – was ungünstig ist, weil ich am Steuer sitze.

»Aaaah!«, schreit Mom.

Ich wache gerade noch rechtzeitig auf um mitzukriegen, dass ein Mülllaster, an dessen Hinterteil zwei Muskelmänner hängen, frontal auf mich zurast.

Ich reiße den Lenker herum, beiße die Zähne zusammen und gebe Gas. Der Wagen macht einen Satz auf den Gehsteig, mäht ein paar Hecken um und landet – wie praktisch! – an einem Fußgängerübergang wieder auf der Straße.

Vom sicheren Schoß der Straße aus schiele ich zu Mom hinüber. Sie klammert sich wie eine Albinofledermaus an die Wagendecke.

»Bleib stehen«, wimmert sie. Kaum ist der Wagen zum Stehen gekommen, fällt Mom mit dem Gesicht zuerst hinaus. Sie krümmt sich, schlägt sich gegen die Brust und macht ein seltsam gurgelndes Geräusch. Sie klingt wie die Pumpe an meinem Aquarium, wenn sie sich nach einem Kurzschluss selbst wieder anwerfen will.

Wankend richtet Mom sich auf und taumelt den Gehsteig hinunter.

»Du läufst in die falsche Richtung«, rufe ich ihr zu. Das Kinn nach vorn geschoben läuft sie weiter. Ich lege den ersten Gang ein, rolle langsam neben ihr her und überlege, wie weit sie in den Schuhen wohl kommt.

»Na, wie geht's uns heute?«, ruft ein Mann, der im Schaukelstuhl auf der Terrasse sitzt.

»Meine Tochter hat versucht mich umzubringen«, ruft meine Mutter zurück und winkt. Amnesty International sollte sämtliche Töchter als Kriegsgefangene registrieren.

»Das war Wylie Wilson«, meint Mom, während sie neben dem Wagen herläuft. »Du erinnerst dich doch an Wylie.«

Ich sehe sie verständnislos an.

»Als du sechs Jahre alt warst, hat er dir bei A&W ein Eis gekauft.« Mom bleibt stehen, um an Mr Wilsons Rosen zu schnuppern. »Eine Vanilleeiswaffel mit Schokosauce.«

Ich bin das einzige Mitglied der Familie, das nicht mit einem Gedächtnis wie ein Fliegenfänger gesegnet ist. Mom betrachtet das als Geburtsfehler.

»Halte den Augenblick fest«, sage ich, »denn die Vergangenheit ist vergangen und die Zukunft ist nichts als ein Traum.«

Moms Züge werden milder. »Woraus ist das?«, fragt sie und legt nachdenklich den Kopf schief.

»Hab ich grad erfunden.«

»Junge, Junge!«, schimpft sie und verdreht die Augen.

Mom erkennt nur zwei Quellen der Weisheit an – die Bibel und Grußkarten.

»Du hast keinen Respekt vor deiner Vergangenheit«, tadelt sie und stolziert den Gehsteig entlang, als besichtige sie eine Siedlung der Pilgrim Fathers.

Ich bin mehr der Gegenwart verhaftet. In meinen Augen ist die Vergangenheit nie real. Sie wird entweder glorifiziert oder horrifiziert – oder zumindest gefärbt.

»Mutter«, predige ich, »wenn du dein ganzes Leben nur an die Vergangenheit denkst, verpasst du die Gegenwart. Und wenn die Zukunft kommt, hast du keinen Gesprächsstoff.«

Mom bremst und bleibt stehen. Sie überlegt und dreht sich schließlich zu mir um. »Du bist schon als Klugscheißer auf die Welt gekommen.«

Tief Luft holend läuft sie weiter. »Das erinnert mich an die Zeit, meine Liebe, als Grandma dir Dauerwellen machte. Du hast ausgesehen wie Shirley Temples böse Zwillingsschwester.«

Hebt und formt

»Ich hab meinen BH verloren!«, sage ich und wühle kopfüber im Koffer.

»Was meinst du mit *verloren*?«, fragt Sweetie.

Unter normalen Umständen bräuchte es weit mehr als ein verlorenes Dessous, um mich aus der Fassung zu bringen. Aber ich soll in einer Stunde vor ausverkauftem Saal eine Rede halten und will, dass das Einzige, was bebt, meine Stimme ist.

Ich hebe die Ecke der Matratze hoch, Sweetie äugt vorsichtig unters Bett, als könne sich der BH jeden Moment darunter hervorschlängeln, auf die Bügel stellen und zischen.

»Zieh einen anderen an.« Er lässt die Matratze fallen.

»Ich hab nur einen mitgenommen.« Ich drehe den Koffer um und schüttle ihn über dem Bett aus.

»Du hast keinen Ersatz dabei?«

»Fang nicht damit an«, warne ich und fahre mit der Hand in einen Tennisschuh.

Was das Packen betrifft, sind Sweetie und ich aus unterschiedlichen Schulen. Ich bin Minimalistin. Schließlich gibt es überall Geschäfte, es sei denn, ich fliege zum Mond.

Sweetie dagegen packt wie Noah – alles doppelt. Der Mann hat Campbell-Suppen, Salzcracker und Wienerwürstchen mit nach Europa geschleppt – als gäbe es dort nichts zu essen.

»Nimm doch Heftpflaster«, schlägt Sweetie vor und holt den Erste-Hilfe-Kasten aus seinem Koffer.

»Wofür hältst du mich eigentlich?«

»Fang nicht damit an«, murmelt er und legt den Erste-Hilfe-Kasten in den Koffer zurück.

An diesem Punkt würden die meisten Männner die Segel streichen und den Fernseher einschalten. Nicht mein Sweetie.

»Okay«, sagt er und zündet sich eine Zigarette an. »Gehen wir's durch. Ohne kommt nicht infrage, nehme ich an.«

Ich halte die Bluse hoch, die ich anziehen will. Sie ist nicht gerade aus Klarsichtfolie, aber aus Blei ist sie auch nicht.

»Es ist Sonntag. Ich nehme nicht an, dass sie bei 7-Eleven Damenunterwäsche verkaufen.«

Ich sehe mich schon in einem überfüllten Saal mit zwei Cola-Bechern vor den Titten stehen. Small-Size-Bechern.

»Das heißt, uns bleibt nichts anderes übrig – wenn wir nicht in einen Wäscheladen einbrechen wollen –, als das corpus delicti aufzutreiben«, folgert Sherlock Sweetie. »Wann hast du es zum letzten Mal gesehen?«

Überfallartig stürme ich den Fahrradladen. In zwanzig Minuten beginnt mein Vortrag. Sweetie wartet mit laufendem Motor vor der Tür. Die Uhr tickt.

Der Laden ist voller Radler, schlank, braun gebrannt, halb nackte Kerle in hautengen Radfahrerhosen – die, wenn ich Königin wäre, zur obligatorischen Uniform würden.

Endlich entdecke ich eine einsame Verkäuferin hinter der Kasse und stürze auf sie zu. »Gestern haben wir uns Fahrräder ausgeliehen und ich hab mich bei Ihnen umgezogen«, flüstere ich über den Tresen gebeugt. »Haben Sie vielleicht einen BH gefunden?«

»Einen BH?« Die Verkäuferin sieht mich verständnislos an. »Nicht dass ich wüsste.«

Man darf wohl als gesichert annehmen, dass sich das »I'm Fast« auf ihrem T-Shirt nicht auf ihre geistige Beweglichkeit bezieht.

»Hey, Speedo«, brüllt sie plötzlich. *»Hast du 'n BH in der Umkleide gefunden?«*

Langsam drehe ich mich um. Zwanzig Radleraugen starren mich an wie ein Rudel Kojoten.

»Meinen Sie den?«, fragt Speedo. An seinem Zeigefinger baumelt schlaff mein kleiner BH. Schräg über das gute Stück zieht sich unübersehbar der Abdruck eines Fahrradreifens.

»Danke«, stottere ich und strecke die Hand aus.

Bevor ich den BH in Besitz nehmen kann, zieht Speedo ihn zurück und vergräbt sein Gesicht in ihm. »Hmmmm«, schnuppert er. Einen Mann, der Weichspüler erotisch findet, muss man einfach lieben.

Inzwischen glotzt mir einer der Radler ein Loch in den Busen.

»Ich lasse überall meine Unterwäsche liegen«, sage ich trocken und stopfe den BH in die Handtasche.

»Ach ja?«, fragt der Typ. »Wo gehen Sie als nächstes hin?«

Über die Autorin

»Name?«, fragt der Fernsehmoderator, während die Maskenassistentin ihm die Nase pudert.

»P. S. Wall.«

»Wie schreibt man das?«

»Wie Pink Floyd.«

Der Moderator sieht mich an, als hätte sein Schnabel soeben die Eischale durchstoßen.

»We-a-el-el.«

In zwanzig Minuten soll ich live im Fernsehen auftreten, um mein erstes Buch vorzustellen, ›My Love Is Free ... But the Rest of Me Don't Come Cheap‹. Trotz der Tatsache, dass mein Moderator humorbehindert ist, bin ich cool wie Eisspray.

»Wow«, meint die Assistentin, während sie den Eyeliner auf seinen Lidern verstreicht, »Sie sind echt ruhig für jemanden, der zum ersten Mal im Fernsehen auftritt!«

Ich zucke bescheiden mit den Achseln.

»Ich meine ... Ihre Karriere kann davon abhängen.«

Der Moderator dreht den Kopf nach links und rechts und prüft sein Lächeln in einem Handspiegel. »Und wo kommen Sie her?«, fragt er mit gefletschten Zähnen.

»Geboren in Tennessee. Aufgewachsen in Alaska.«

»Cool.«

»Etwa neun Monate im Jahr.«

»War Ihr Vater beim Militär?«

»Nein. Mein Onkel hatte ’n Haus da oben. Er war Buschpilot und Wildhüter. Meine Eltern haben ihn mal besucht und wir sind dageblieben.«

»Ihr Vater war also nicht beim Militär.« Der Moderator beißt auf seinem Lipgloss herum. »Wär nämlich ’n guter Einstieg, wo so viele Stützpunkte geschlossen werden.«

»Sorry.«

»Echt schade. Und was machen Sie genau?«

Manche halten es vielleicht für unprofessionell, absolut null über die Person zu wissen, die man interviewen soll. Ich finde es nett, wenn ein Moderator ohne festgelegtes Skript arbeitet.

Ich gebe ihm mein Buch.

»Kein einziges Bild«, sagt er und fegt durch die Seiten wie mit einem Laubgebläse. »Ich finde, Bilder machen ein Buch erheblich leserfreundlicher.«

»Erheblich«, nickt die Assistentin und schäumt ihm eine natürlich wirkende Locke in die Stirn.

»Sie haben vermutlich Literaturwissenschaft studiert ...«

»Eigentlich war mein Hauptfach Umweltwissenschaften. Ich war im Vertrieb einer Biofirma, bevor ich zu schreiben anfing.«

»Wie schafft ’ne Ökomieze den Sprung zur Schriftstellerin?«

»Na ja, ich hab aus Spaß kleine Sachen geschrieben und Sweetie, meine bessere Hälfte, überredete mich, sie unserem Lokalblatt anzubieten. Der Rest kam ganz von allein.«

Der Moderator überlegt. »Haben Sie bei der Firma nicht richtig gut Geld verdient?«

»Firmenwagen, Gewinnbeteiligung und vierteljährliche Prämien.«

»Ich wette, Sweetie beißt sich in den Arsch.«

»Es vergeht kein Tag ohne.«

Die Hände verschränkt und die Stirn in besorgte Furchen gelegt macht der Moderator die bewährte Staupause. »Möchten Sie über Ihre Beziehung zu Sweetie sprechen?«

»Nö.«

Der Moderator glotzt mich an. Ich glotze zurück.

»Nun denn.«

Er tippt sich mit dem Stift an die Stirn und überfliegt seine Notizen. »Sie liefern mir nicht sonderlich viel Material«, sagt er und klappt den Notizblock zu. »Wissen Sie, die meisten Leute peppen ihre Biografie ein bisschen auf.«

»Wie billig«, entgegne ich verächtlich. »Wozu soll die Biografie gut sein?«

»Damit sich das Buch besser verkauft.« Er zieht das Make-up-Lätzchen aus dem Kragen. »Sie wissen schon – mehr Bücher, mehr Kohle.«

Ich glotze den Moderator an. Er glotzt zurück.

»Hab ich erwähnt, dass Humor für mich ein Hilfsmittel ist, um den inneren Kampf gegen mein Trauma zu maskieren, das Ergebnis einer grauenhaften Kindheit?«

»Trauma ist gut.« Der Moderator klappt den Notizblock wieder auf. »Oprah liebt Traumas.«

Danksagung

Maureen O'Neal, Nancy Coffey, Dennie Burke und Bill Carpenter – *thanks isn't enough.*

Amanda Cross im dtv

»Amanda Cross ist und bleibt die Königin des amerikanischen literarischen Krimis.«
Publishers Weekly

Verschwörung der Frauen
Roman · dtv 8453

Süßer Tod
Roman · dtv 11812

Der Sturz aus dem Fenster
Roman · dtv 11913

Die Tote von Harvard
Roman · dtv 11984

In besten Kreisen
Roman · dtv 20190

Spionin in eigener Sache
Roman · dtv 20191

Gefährliche Praxis
Roman · dtv 20233

Albertas Schatten
Roman · dtv 20332

Tödliches Erbe
Roman · dtv 20373

Das zitternde Herz
Roman · dtv 24169

»Für diejenigen, die noch nicht die Bekanntschaft von Kate Fansler, Englischprofessorin und Detektivin, die schon viele spannende akademische Kriminalfälle gelöst hat, gemacht haben: Es ist höchste Zeit, damit anzufangen!«
Cosmopolitan

Walter Satterthwait im dtv

»Satterthwait kann absolut hervorragend schreiben.«
Claude Chabrol

Miss Lizzie
Roman · dtv 20056
Amanda weiß, daß Lizzie Borden ihre Eltern bestialisch ermordet haben soll. Und auch, daß Miss Lizzie seinerzeit mangels Beweisen freigesprochen wurde. Im Bonbonladen begegnen sich die beiden …

Oscar Wilde im Wilden Westen
Roman · dtv 20196
Im Jahr 1882 hält die Kultur Einzug im Wilden Westen. Oscar Wilde bereist das gesetzlose Land zwischen San Francisco und Chicago. Begleitet wird er von schönen Bewunderern – und von einer Bestie. Denn in den Orten seiner Auftritte werden methodisch-grausam Frauen ermordet …

Eskapaden
Roman · dtv 20284
Sommer 1921. Ohnmächtige Ladies, verschwiegene Butler, ein Entfesselungskünstler, obszöne Gespenster und ein ermordeter Lord … ein herrlich englischer Landhauskrimi.

Mit den Toten in Frieden
Roman · dtv 20250
Privatdetektiv Joshua Croft liebt die schöne Rita Mondragón, für die er arbeitet, die Wüste um Santa Fé und seinen Job, den er gleichzeitig verflucht: Seine Chefin ist seit einer Schießerei querschnittsgelähmt. Er soll die verlorenen Überreste eines Navajo-Häuptlings finden. Dabei entdeckt er eine unheilvolle Vergangenheit voll von Habsucht, Begierde und Verrat.

Wand aus Glas
Roman · dtv 20281
Joshua Croft soll den Raub eines Kolliers aufklären. Und stößt dabei auf neue Verbrechen …
»Satterthwaits mit beruhigend vielen Fehlern behafteter Held ist nicht immer zur rechten Zeit am rechten Ort, und er hat es mit einer farbigen (Unter-)Welt zu tun. Ist er doch in Santa Fé zu Hause, wo es im Gemisch der Sprachen und Kulturen noch mehr seltsame Gestalten gibt als anderswo.« (Der Standard)